老舎逝去後著書目録

倉橋幸彦 編

好文出版

やや冗漫な凡例（序にかえて）

1．この書目は，老舎逝去（1966年8月24日）後，下限を2008年6月とする中国（一部香港を含む）で発行された老舎作品書目である。

　1978年5月，老舎が不慮の死を遂げて以来13年もの長い年月を経て，人民文学出版社から『老舎劇作選』の改定再版が刊行され、ようやく出版界において老舎の名誉回復が行われる。

　この当時の老舎著書の出版事情を窺うために、少し引用が長くなるが，『老舎劇作選』に附された老舎夫人胡潔青の「再版後記」を引いておこう。

　　我同意人民文学出版社编辑同志的建议,这次再版《老舎剧作选》时,在原有的四个剧本之外,把话剧《神拳》也收这个集子。这是因为《神拳》和老舎的身世有密切的关系。他的父亲是被八国联军杀死的。他的童年是在穷困中度过的。旧社会劳动人民的苦难在身上留下了深刻的痕迹,这是后来他对党和伟大领袖毛主席有深厚的无产阶级的感情的一个重要原因。／写这个后记的时候,我的心情十分不平静。这本选集是老舎去世后出版的他的第一部著作。幸亏英明领袖华主席继承毛主席的遗志,高举毛泽东思想伟大红旗,打倒了万恶的"四人帮",批倒了"文艺黑线专政"论,今天才有机会使老舎这个剧作选集重见天日,重新和广大读者见面。我打心眼儿里感激华主席,感激党！

　今日の活況を呈した老舎著書の出版からは想像もできないのであるが，この文章がわれわれにとって，老舎作品の新たな受容史の序幕であったことは，記憶に止めておきたい。因みに，文中に採り上げられた華国鋒中国共産党元主席も，今月20日87歳の生涯を閉じられている。

　なお，本書目に収録した著作は現在までに編者が目睹しえたものに限定していることをお断りしておく。以下に今回は実物を確認できなかったものを参考までに記しておく。

　　1．胡絜青編『老舎詩選』
　　　　1980年12月、九龍獅子會（香港）
　　2．舒乙編『小人物自述』
　　　　1992年、勤＋緣出版社（香港）

3．『骆驼祥子　正红旗下　断魂枪』
　　［中学生课外名著宝库］
　　2000年、内蒙古人民出版社（呼和浩特）
4．『骆驼祥子』［初中生语文新课标必读丛书］
　　2004年、延边人民出版社（延吉）
　また，克莹、李颖编『老舍话剧艺术』（1982年1月、文化艺术出版社）・李耀曦、周长风『老舍与济南』（1998年12月、济南出版社）・『老舍歌剧《拉郎配》及其研究』（1998年12月、山东文艺出版社）・张桂兴编『老舍与第二故乡』［老舍研究丛书］(2000年9月、青岛海洋大学出版社)等にも一部老舎作品が収録されているが，これらは続刊の『老舎研究書目』に採ることにする。

2．本書目の構成は，Ⅰ．選集・文集・全集・経典等（多巻本），Ⅱ．単行本，Ⅲ．復刻本，Ⅳ．課外読本（教科書の副読本），Ⅴ．賞析・輯注・解読・導読本（詳細な解説付本），Ⅵ．英漢・漢英・漢法対訳本，Ⅶ．重訳本（老舎英語作品の中国語訳），Ⅷ．節録本の八章とし，配列は各章刊行年代順とする。

3．記載形式は，以下の通りとする。
　　書名［叢書名］　編者名
　　出版年月　出版社（出版地）
　　版型　頁数　発行部数　定価　カバー・オビの有無
　　題字・挿画者名
　　◆口絵・目次等（頁数）‖**老舎作品名**‖附録・後記等（頁数）
　　※「序」や「後記」等からの引用；〔☆編者補注〕・
　　　〔★編者訂正〕

4．記号・略語の説明
　　「＊」：初版あるいは精装本（平装本）未見。
　　「⇒」：参照

　　　　　　　　　　　　　　　　　　　　2008年8月24日
　　　　　　　　　　　　　　　　　　　　　　　　編者

目　　次

Ⅰ. 選集・文集・全集・経典等 … *1*

Ⅱ. 単行本 … *27*

Ⅲ. 復刻本 … *106*

Ⅳ. 課外読本 … *107*

Ⅴ. 賞析・輯注・解読・導読本 … *112*

Ⅵ. 英漢・漢英・漢法対訳本 … *119*

Ⅶ. 重訳本 … *123*

Ⅷ. 節録本 … *127*

Ⅰ．選集・文集・全集・経典等

1. 『老舍文集（全16卷）』
   1980年11月－1991年5月　人民文学出版社（北京）
   A5版

   《第一卷》1980年11月　70000册　646页　1.85元
   　　→1993年3月湖北第2次印刷　5210（70001-75210）册
   　　　11.70元

   ◆图版4页／人民文学出版社编辑部：出版说明1页／第一卷说明1页／目录1页‖**老张的哲学**／**赵子曰**／**二马**

   《第二卷》1981年5月　38000册　545页　1.55元
   　　→1993年3月湖北第2次印刷　5210（70001-75210）册
   　　　10.05元

   ◆图版2页／第二卷说明1页／目录1页‖**小坡的生日**／**离婚**／**牛天赐传**
   ※［说明］：《离婚》写于1933年，同年出版。现在收入本卷的是1963年经作者校订，并略作删改的本社版本。

   《第三卷》1982年5月　28000册　522页　1.50元
   　　→1983年3月湖北第2次印刷　5120（28001-33120）册
   　　　9.70元

   ◆图版2页／第三卷说明1页／目录1页‖**骆驼祥子**／**文博士**;序／**火葬**;序

   《第四卷》1983年3月　21000册　430页　1.25元
   　　→1993年3月湖北第2次印刷　4100（21001-25100）册
   　　　8.25元

   ◆图版2页／第四卷说明1页／目录1页‖**惶惑**;序

《第五卷》1983年3月　21000册　430页　1.35元
　　　　→1993年3月湖北第2次印刷　5080(21001-26080)册
　　　　　8.95元

◆ 图版2页／第五卷说明1页／目录1页‖偷生

《第六卷》1984年1月　21000册　520页　1.55元
　　　　→1993年3月湖北第2次印刷　5130(21001-26130)册
　　　　　9.60元

◆ 图版2页／第六卷说明1页／目录1页‖饥荒／鼓书艺人

《第七卷》1984年5月　17200册　468页　1.50元
　　　　→1993年3月湖北第2次印刷　5070(17201-22270)册
　　　　　8.80元

◆ 图版2页／第七卷说明1页／目录1页‖无名高地有了名；后记／正红旗下／猫城记；自序

《第八卷》1985年5月　11800册　450页　2.75元
　　　　→1993年3月湖北第2次印刷　5085(11801-16885)册
　　　　　8.55元

◆ 图版2页／第八卷说明1页／目录2页‖《赶集》；序／五九／热包子／爱的小鬼／同盟／大悲寺外／马裤先生／微神／开市大吉／歪毛儿／柳家大院／抱孙／黑白李／眼镜／铁牛与病鸭／也是三角／樱海集；序／上任／牺牲／柳屯的／末一块钱／老年的浪漫／毛毛虫／善人／邻居们／月牙儿／阳光／《蛤藻集》；序／老字号／断魂枪／听来的故事／新时代的旧悲剧／且说屋里／新韩穆烈德／哀启

※〔说明〕：其中的《黑白李》、《断魂枪》、《牺牲》、《上任》、《柳屯的》、《善人》、《马裤先生》、《微神》、《柳家大院》、《老字号》、《月牙儿》、《且说屋里》等十二篇，根据本社1956年出版的《老舍短篇小说选》发排，当时作者曾在个别地方作了文学润色。其二十篇都根据初版本进行校勘。

《第九卷》1986年3月　5900册　508页　3.20元
　　→1993年3月湖北第2次印刷　5070(5901-10970)册
　　　9.45元

◆图版2页／第九卷说明1页／目录2页‖《火车集》；"火车"／兔／杀狗／东西／我这一辈子／浴奴／一块猪肝／人同此心／一封家信／贫血集；小序／恋／小木头人／不成问题的问题／八太爷／一筒炮台烟　集外：小铃儿／旅行／狗之晨／记懒人／抓药／生灭／沈二哥加了薪水／裕兴池里／创造病／丁／不说谎的人／新爱弥耳／番表／牛老爷的痰盂／敌与友／电话／蜕(未完)／民主世界(未完)

《第十卷》1986年7月　4400册　535页　3.40元
　　→1993年3月湖北第2次印刷　5095(4401-9495)册
　　　9.85元

◆图版2页／第十卷说明1页／目录2页‖残雾／张自忠／面子问题／大地龙蛇；序／归去来兮／谁先到了重庆

《第十一卷》1987年5月　5600册　509页　3.25元
　　→1993年3月湖北第2次印刷　5020(5601-10620)册
　　　9.45元

◆图版2页／第十一卷说明1页／目录2页‖方珍珠／龙须沟／春华秋实／西望长安／茶馆／女店员

《第十二卷》1987年11月　5000册　522页　3.40元
◆图版2页／第十二卷说明1页／目录2页‖全家福／宝船／神拳；后记／荷珠配；序言／火车上的威风／秦氏三兄弟／柳树井／青霞丹雪／青蛙丹雪；一些说明

《第十三卷》1988年7月　4300册　510页　4.00元
　　→1993年3月湖北第2次印刷　5000(4301-9300)册
　　　9.55元

◆图版2页／第十三卷说明1页／目录6页‖曲艺／新诗／旧体诗

《第十四卷》1989年2月　3400册　508页　6.15元
◆图版2页／第十四卷说明1页／目录7页‖散文162篇／幽默讽刺文63篇

※[说明]：本卷收入作者自一九三〇年至一九六四年写的散文一六二篇。其中大部分是抒情记事文体，另有六十三篇为幽默讽刺短文，文笔自成一体。本书据此大体分为两部分，各按时间顺序编排。

《第十五卷》1990年11月　2890册　641页　7.75元
◆图版2页／第十五卷说明1页／目录7页‖**文学概论讲义／老牛破车**／文论71篇／有关中华全国文艺界抗敌协会工作的文章及会务报告等32篇

※[说明]：本卷收入作者自一九三〇年至一九四八年间的文艺理论、创作经验与抗战文艺运动的论述。／《老牛破车》写于一九三五至一九三六年，一九三七年四月由人间书屋初版。作者在一九四四年前后重新拟目，增添五篇，并对《我怎样写短篇小说》作了增补。／本卷还收入文论七十一篇、有关中华全国文艺界抗敌协会工作的文章及会务报告等三十二篇。这三部分各按时间顺序编排。

《第十六卷》1991年5月　2650册　691页　8.35元
◆图版2页／第十六卷说明1页／目录7页‖**和工人同志们谈写作／出口成章**／文论116篇

※[说明]：本卷收入一九五〇年至一九六六年间的文艺理论与创作验谈。／本卷还收入文论一百一十六篇，按时间顺序编排。

2.『**老舍选集（全5卷）**』
1982年7月－1986年6月　四川人民出版社（成都）
A5版

《第一卷》1982年7月　478页　23400册　1.68元（平）
◆图版2页／目次1页‖**骆驼祥子／离婚**

4

I. 選集・文集・全集・経典等

《第二卷》1982年7月　342页　23400册　1.33元（平）
◆图版2页／目次1页‖中篇小说：月牙儿／新时代的旧悲剧／我这一辈子／且说屋里／不成问题的问题／正红旗下

《第三卷》1982年7月　391页　22900册　1.46元（平）
◆图版2页‖短篇小说：五九／一天／同盟／大悲寺外／马裤先生／微神／开市大吉／歪毛儿／柳家大院／黑白李／眼镜／铁牛与病鸭／也是三角／上任／牺牲／柳屯的／善人／裕兴池里／老字号／断魂枪／新韩穆烈德／丁／新爱弥耳／哀启／听来的故事／牛老爷的痰盂／火车／东西／人同此心／一封家信／恋／一筒炮台烟／民主世界／电话

《第四卷》1986年6月　365页　3000册　2.60元（平）
◆图版2页／目次1页‖话剧：面子问题／龙须沟／西望长安／茶馆

《第五卷》1986年6月　477页　2900册　3.30元（平）
◆图版2页／目次5页‖散文：我的母亲／抬头见喜／"五四"给了我什么／小型的复活（自传之一章）／头一天／读与写／夏之一周间／有了小孩以后／想北平／济南的冬天／趵突泉的欣赏／青岛与山大／一封信／记"文协"成立大会／入会誓词／可爱的成都／青蓉略记／参加郭沫若先生创作廿五年纪念会感言／八方风雨／纽约书简／由三藩市到天津／新社会就是一座大学校／生活，学习，工作／贺年／宝地／养花／谢谢青年朋友们的关切／勤俭持家／可喜的寂寞／下乡简记　幽默小品：自传难写／一天／小病／习惯／考而不死是为神／婆婆话／写字／读书／谈教育／鬼与狐／代语堂先生拟赴美宣传大纲／相片／理想的文学月刊／画像／四位先生／梦想的文艺／狗／大智若愚／"住"的梦／兔儿爷／给赵景琛的一封信／给黎烈文先生的信　诗歌：音乐的生活／国葬／红叶／慈母／长期抵抗／青年／打刀曲／鬼曲／礼物／雪中行军／流离／新青年／丈夫去当兵／怒／歌声／战／新春之歌／札兰屯的夏天／歌唱伟大的党／青年突击队员　论文：文学的特质／怎样写小说／如何接受文学遗产／景物的描写／人物的描写／事实的运用／言语与风格／谈幽默／戏剧语言／对话浅论／喜剧的语言／儿童剧的语言／语言、人物、戏剧／雪一点诗词歌赋／人物、生活和语言／本固枝荣／文学创作和语言／题材与生活／论悲剧／我爱川剧／戏剧漫谈／臧克家的《烙印》／读巴金的《电》／一个近代最伟大的境界与人格的创造者／读《鸭嘴涝》／《泰山石刻》序／《神曲》／《红楼梦》并不是梦‖舒济：编后记 475－477

※［编后记］：《老舍选集》的第一、二、三卷是长、中、短篇小说，已在1982年出版。第四卷是话剧。当然这四本只能选入为数有限的人们认为较好的小说与话剧。最难办是第五卷了。老舍先生除了电影没有写过以外，小说、京剧、曲艺、诗歌、散文、幽默小品、论文等都有不少作品。小说与话剧是老舍先生的代表作品，占了四卷，是个大头。最后一卷这个小头，它既要选入有代表性的作品，又要品种齐全。这些作品，从三十年代初期到解放后六十年代，总字数大概也有二百多万字吧，其中多数没有被老舍先生在世时整理过或入过集子，都是在打倒"四人帮"之后才陆续搜集起来的。只在近两年中经过不少人的努力才对他的散文、诗歌、曲艺、论文四部分，每一部分都是由他一生中所写的作品中挑选的。其中有不少是写抗战的，与在四川生活时所写的。为了增加一点地方色彩与亲切感，还特意选了写成都与青城等地的散文。

3.『老舍剧作全集』(全4卷)
1982年8月－1985年8月中国戏剧出版社（北京）
A5版

《第一卷》1982年9月　559页　11400册（平）　1.60元（平）
　　　　　　　　　　　　　　　　　*4400册（精）*2.55元（精）

◆内容说明1页／图版2页／第一卷说明1页／目录2页／吴祖光：序10页‖残雾／附：记写《残雾》／张自忠；写给导演者／面子问题／大地龙蛇；序／归去来兮／谁先到了重庆／附：闲话我的七

个话剧

《第二卷》1982年8月　673页　11200册（平）　1.90元（平）
　　　　　　　　　　　　　　*4250册（精）*2.80元（精）

◆图版2页／第二卷说明2页／目录3页‖**方珍珠**／附：谈《方珍珠》剧本／**龙须沟**／附：《龙须沟》写作经过·《龙须沟》的人物／**生日**／**春华秋实**／附：我怎么写的《春华秋实》剧本／**青年突击队**／**西望长安**／附：有关《西望长安》的两封信／**茶馆**／附：答复有关《茶馆》的几个问题／**红大院**

《第三卷》1982年8月　640页　11100册（平）　1.80元（平）
　　　　　　　　　　　　　　*4200册（精）*2.70元（精）

◆图版2页／第三卷说明2页／目录3页‖**女店员**／**全家福**／**宝船**／**神拳**；后记／**荷珠配**；序言／**国家至上**（老舍·宋之的）；序、后记／**王老虎**（老舍·萧亦五·赵清阁）／**桃李春风**（老舍·赵清阁）

《第四卷》1985年8月　716页　6980册（平）　4.30元（平）
　　　　　　　　　　　　　　*2350册（精）*5.75元（精）

◆图版2页／第四卷说明2页／目录2页‖**新刺虎**（抗战京剧）／**忠烈图**（抗战京剧）；小引／**薛二娘**（又名《烈妇殉国》，抗战京剧）／**王家镇**（抗战京剧）／**柳树井**（曲剧）／**消灭病菌**（寓言小歌舞剧）／**大家评理**（六幕歌剧）／**十五贯**（京剧）／**青霞丹雪**（京剧）／**青蛙骑手**（儿童歌剧）；一些说明／**走西口**（二人台）／**王宝训**（京剧）；前言／**一家代表**；我怎样写《一家代表》／**苹果车**（政治幻想曲，萧伯纳著·老舍译）‖附：**王行之**：老舍著作年表／**蔚林**：老舍剧作评论文章目录／**克莹**：老舍剧作（话剧）首次演出情况／**舒济**：老舍剧作国外译本和演出情况／**胡絜青**：编后记

※[编后记]：老舍很少在作品的篇末注明写作时间因为时间已过去很久，我也不可能对每个剧本都回忆出具体的写作年月。因此，我和**行之**议定，以发表、出版的时间先后为顺序，第四卷为戏曲、歌剧、译作及其他。写于建国之初的话剧《一家代表》，当年只发表了一半，这次是据手稿补全。作为"补遗"，也收在第四卷中。／我们的校订

工作，是以老舍自己校阅或修改过的版本为底本，参照其他版本，改正了当初排印中的一些文字讹误，内容方面则完全保持原貌。只是，以前的排印格式和现在不尽相同，比如有的剧本，人名用是简称，这次我们把简称的人名恢复为全称了。另外，《忠烈图》等四个抗战京剧，原是用《戏考》的格式象小说那接连排成一片，这次我们也按通常的戏剧格式把唱念与动作分行排印。这样做，都无损于内容，可能读者读起来会感到方便一些。

4. 『老舍小说全集(全11卷)』舒济・舒乙编
　　1993年11月　长江文艺出版社(武汉)
　　A5版　1000套(精)　*2000套(平)　カバー

　　《第一卷》395页　24.00元(精)　*18.50元(平)
　　◆图版2页／第一卷说明1页／目录1页‖老张的哲学／赵子曰

　　《第二卷》396页　24.00元(精)　*18.50元(平)
　　◆图版2页／第二卷说明1页／目录1页‖二马／小坡的生日

　　《第三卷》386页　23.50元(精)　*18.50元(平)
　　◆图版2页／第三卷说明1页／目录1页‖猫城记；自序／离婚

　　《第四卷》435页　26.00元(精)　*20.50元(平)
　　◆图版2页／第四卷说明1页／目录1页‖牛天赐传／天书代存；老舍序／少侯序／致函／骆驼祥子

　　《第五卷》440页　26.00元(精)　*20.50元(平)
　　◆图版2页／第五卷说明1页／目录1页‖文博士；序／蜕；解题／火葬；序

　　《第六卷》430页　25.50元(精)　*20.00元(平)
　　◆图版2页／第六卷说明1页／目录1页‖惶惑；序
　　《第七卷》477页　28.00元(精)　*22.50元(平)

I．選集・文集・全集・経典等

◆图版2页／第七卷说明1页／目录1页‖偷生

《第八卷》433页　26.00元（精）　*20.50元（平）
◆图版2页／第八卷说明1页／目录1页‖饥荒／正红旗下／小人物自述
※［说明］：《饥荒》后十三段；收入本卷时，请陈恕校阅。

《第九卷》423页　25.50元（精）　*20.00元（平）
◆图版2页／第九卷说明1页／目录1页‖鼓书艺人／无名高地有了名；后记
※［说明］：《鼓书艺人》是在1948年至1949年间于纽约写成。因中文原稿遗失，根据英文译本 The Dram[★rum] Singers（1952年纽约 Harcourt, Brace and Company 出版）由马小弥再译为中文。收入本卷时，请李志昌校阅。

《第十卷》455页　26.50元（精）　*21.00元（平）
◆图版2页／第十卷说明1页／目录2页‖《赶集》；序／五九／热包子／爱的小鬼／同盟／大悲寺外／马裤先生／微神／开市大吉／歪毛儿／柳家大院／抱孙／黑白李／眼镜／铁牛与病鸭／也是三角　《樱海集》；序／上任／牺牲／柳屯的／末一块钱／老年的浪漫／毛毛虫／善人／邻居们／月牙儿／阳光／《蛤藻集》；序／老字号／断魂枪／听来的故事／新时代的旧悲剧／且说屋里／新韩穆烈德／哀启

《第十一卷》414页　25.00元（精）　*19.50元（平）
◆图版2页／第十一卷说明1页／目录2页‖《火车集》；"火车"／兔／杀狗／东西／我这一辈子／浴奴／一块猪肝／人同此心／一封家信／《贫血集》；小序／恋／小木头人／不成问题的问题／八太爷／一筒炮台烟／集外：她的失败／小铃儿／旅行／狗之晨／记懒人／抓药／生灭／沈二哥加了薪水／裕兴池里／创造病／丁／不说谎的人／番表／牛老爷的痰盂／兄妹从军／敌与友／电话／民主世界‖舒济：老舍年谱简编386-414；
⇒［Ⅰ－15］

5.『老舍小说经典』(全4卷)[回顾中外文学大师丛书] 舒济 选编
　　1995年6月　九洲图书出版社(北京)
　　A5版　10000册　55.00元(全4卷)
　　题词:胡絜青
　→1997年6月第2次印刷　10000册

　　《第一卷》396页
　　◆ 老张的哲学／二马

　　《第二卷》400页
　　◆ 离婚／猫城记／月牙儿／阳光

　　《第三卷》393页
　　◆ 牛天赐传／骆驼祥子／微神／兔／沈二哥加了薪水

　　《第四卷》400页
　　◆ 文博士／正红旗下／我这一辈子／不成问题的问题／大悲寺外／柳家大院／眼镜／也是三角／邻居们／老字号／浴奴／恋／抓药／狗之晨

6.『老舍』[自强文库・中国现代文学百家]
　　中国现代文学馆编　舒乙编选
　　1997年1月　华夏出版社(北京)
　　A5版　10100册　42.00元(上,下册)

－1.《上卷》579页
　　◆ 图版3页／目录1页‖长篇小说;二马／猫城记／骆驼祥子

－2.《下卷》490页
　　◆ 图版1页／目录3页‖长篇小说;离婚　中篇小说;马裤先生／微神／有声电影／也是三角／柳屯的／上任／老字号／末一块钱／丁／断魂枪　散文;一些印象(节选)／抬头见喜／小麻雀

10

Ⅰ．選集・文集・全集・経典等

／哭白涤洲／想北平／我的几个房东／南来以前／小型的复活（自传之一章）／一封信／生日／宗月大师／诗人／自述／敬悼许地山先生／家书一封／文艺与木匠／我的母亲／双十／文牛／痴人／致王冶秋‖老舍小传485-486／老舍主要著作书目487-490

7．『老舍选集』［二十世纪中国著名作家文库］孔范今编选
　　1997年3月　山东文艺出版社（济南）
　　A5版　7000套　46.40元（上、下册）

－1．《上》648页
　　◆孔范今：前言36页／目录2页‖老张的哲学／离婚／正红旗下／骆驼祥子

－2．《下》498（649－1146）页
　　◆骆驼祥子／马裤先生／微神／柳家大院／黑白李／牺牲／柳屯的／月牙儿／老字号／善人／断魂枪／且说屋里／我这一辈子／龙须沟／茶馆‖附录；张萍萍：老舍主要作品出版年表1135-1146
　　⇒［Ⅰ－14］

8．『老舍文集』（上、中、下）李潮辰・堵光一编
　　1998年5月　湖北人民出版社（武汉）
　　A5版　10000套　68.00元（上、中、下册）
　　【注】《中》册未见。

－1．《上》478页
　　◆目录1页‖老张的哲学／二马／不成问题的问题／大悲寺外／柳家大院／眼镜／也是三角／邻居们／老字号／浴奴／恋／抓药／狗之晨

－2．《下》476页
　　◆目录1页‖离婚／猫城记／月牙儿／正红旗下／我这一辈子

11

9.『老舍作品精典』（全3卷）舒乙编
1998年9月　中国广播电视出版社（北京）
A5版　5050套　72.00元（上、中、下册）

— 1．《上卷》572页
◆目录1页‖茶馆／龙须狗／老张的哲学／二马／大悲寺外／柳家大院

— 2．《中卷》572页
◆目录1页‖牛天赐传／骆驼祥子／文博士／不成问题的问题／微神／小人物的自述／丁／柳屯的／断魂枪／黑白李／上任

— 3．《下卷》568页
◆目录1页‖离婚／猫城记／月牙儿／正红旗下／也是三角／邻居们

10.『老舍代表作品集』（上、下）[名家代表丛书]舒雨编
*1998年12月　浙江文艺出版社（杭州）
→1999年8月第2次印刷
A5版　5000(6001－11000)套　35.00元（上、下册）

— 1．《上》355页
◆目录3页／舒雨：序2页‖长篇小说；骆驼祥子／正红旗下

— 2．《下》375(357－732)页
◆中篇小说；月牙儿／我这一辈子　短篇小说；断魂枪／微神／马裤先生／散文；我的母亲／宗月大师／敬悼许地山先生／小型的复活／想北平／一些印象／养花／猫／诗人／新爱弥耳／英国人　幽默短文；马宗融先生的时间观念／何容先生的戒烟／吴组缃先生的猪／自传难写／狗之晨／婆婆话／丁　话剧；龙须沟／茶馆　诗；述(1941)／北培辞岁(1942)／村居(二)(1943)／端午大雨／诗二首　书信；致陶亢德(1938.3.15)／致王冶秋

12

（1944）

11. 『**老舍全集**』（全19卷）
1999年1月　人民文学出版社（北京）
A5版　2000套　カバー

※［（第1卷）出版说明］：本全集收辑了老舍自1917至1966年为止50年间的各类作品（包括生前未曾发表的手稿、书信及日记等），按小说、戏剧、曲艺、诗歌、散文、杂文、论文，以及译本等，分类编年。／凡曾由作者编订版的单行本与选集，均按最初版本的原貌收入，其出版简况，写在各卷说明中。有的作品，曾先后收入作者若干不同的专集中，现只将其收在最初编成的专集内。有的专集收入各种文体的作品，现将这些作品编入本全集的相关卷中。／作者的英文作品，按英文初版本或原发表的报刊收入，并附中译文。／全集的作品，在此次编印时，都根据最初的版本、原发表的报刊、手稿排校，除保留作者的自注外，又增加了一些简注。

※［（第19卷）编后记］：《老舍全集》编辑工作启动伊始，就得到老舍家属，特别是**舒济**的支持和帮助，向我们提供了本书的全部文稿，在此，我们表示衷心的感谢！／参加《老舍全集》编辑工作的有：**陈早春**、**李文兵**、**罗君策**、**王海波**、**张小鼎**、**张敏**、**岳洪治**、**郭娟**。／李启伦、黄汶、柴志湘、王玉梅等同志也参加了部分编辑工作；**胡允桓**、**陈凯**、**史佳**校勘了全部英文稿；**石晓霞**编纂了《全集篇目索引》，在此一并致谢！

《第1卷：小说1集》　624页　40.50元
◆图版5页／人民文学出版社编辑部；出版说明1页／总目2页／本卷说明1页／目录1页‖**老张的哲学**／**赵子曰**／**二马**

《第2卷：小说2集》　686页　41.90元
◆图版4页／本卷说明1页／目录1页‖**小坡的生日**／**猫城记**／**离婚**／**牛天赐传**

《第3卷：小说3集》　510页　34.90元

◆图版4页／本卷说明1页／目录1页‖骆驼祥子／文博士；序／
火葬；序

《第4卷：小说4集》　600页　38.40元
◆图版4页／四、五卷说明1页／目录1页‖序／惶惑(1-34)／
偷生(35-46)

《第5卷：小说5集》　　673(601-1273)页　41.20元
◆图版4页‖偷生(47-67)／饥荒(68-100)‖附录：*The Yellow
Storm* 风吹草动(后13段)1159(1161－1273)
※［(第4卷)四、五卷说明］：第三部《饥荒》1947年至1948
年写于纽约，前二十段发表于1950年上海《小说》杂志。
后十三段(即本书第八十八段至第一百段)未曾发表，中文原
稿已毁，1982年由**马小弥**根据《四世同堂》的英文节译本
The Yellow Storm(由作者删节，*Ida Pruitt* 译，1951年纽
约 Harcourt and Brace Company 出版)复译为中文，发表
于1982年《十月》杂志，后为一些《四世同堂》版本所采用。
此次入集，由**胡允桓**对译文重新作了校订，并将后十三段英
文附于卷末。

《第6卷：小说6集》　714页　42.80元
◆图版4页／本卷说明1页／目录1页‖鼓书艺人：中译本・英译本
／无名高地有了名；后记
※［本卷说明］：《鼓书艺人》，1948年至1949年写于纽约，
未曾发表出版。因中文原稿遗失，根据英文译本 *The Drum
Singers*(**郭镜秋**译，1952年纽约 Harcourt, Brace and
Company 出版)，由马小弥复译为中文，发表在1980年《收
获》第2期，同年10月本社初版(单行本)。在编入本书时，
对中、英文译本都重新作了校订，并加入简要注释。

《第7卷：小说7集》　602页　38.40元
◆图版4页／本卷说明1页／目录3页‖《赶集》；序／五九／
热包子／爱的小鬼／同盟／大悲寺外／马裤先生／微神／开市

大吉／歪毛儿／柳家大院／抱孙／黑白李／眼镜／铁牛与病鸭／也是三角／《樱海集》；序／上任／牺牲／柳屯的／末一块钱／老年的浪漫／毛毛虫／善人／邻居们／月牙儿／阳光／《蛤藻集》；序／老字号／断魂枪／听来的故事／新时代的旧悲剧／且说屋里／新韩穆烈德／哀启／火车集；"火车"／兔／杀狗／东西／我这一辈子／浴奴／一块猪肝／人同此心／一封家信

《第8卷:小说8集》　　577页　37.40元
◆图版4页／本卷说明1页／目录2页‖《贫血集》；小序／恋／小木头人／不成问题的问题／八太爷／一筒炮台烟　集外；她的失败／小铃儿／旅行／讨论／狗之晨／记懒人／不远千里而来／辞工／有声电影／抓药／生灭／画像／沈二哥加了薪水／裕兴池里／创造病／丁／不说谎的人／新爱弥耳／番表／牛老爷的痰盂／敌与友／兄弟从军／小青不玩儿娃娃了／小白鼠／电话／老舍 赵少侯:天书代存(未完);《天书代存》序／赵少侯序／天书代存／小人物自述(未完)／蜕(未完)／民主世界(未完)／正红旗下(未完)
※[本卷说明]:本卷收入《贫血集》、集外短篇小说25篇及未完成小说5部。／集外短篇小说中,《讨论》、《狗之晨》、《记懒人》、《不远千里而来》、《辞工》、《有声电话〔★影〕》、《画像》等7篇曾收入1934年4月时代图书公司初版的《老舍幽默诗文集》;《兄弟从军》曾收入1938年11月重庆独立出版公司初版的《三四一》集。其余作品均散见于各期刊杂志上。作品按发表先后编排,并在篇末注明发表的时间与报刊。／未完成的五部小说中,《天书代存》系与赵少侯合作,写于1936年,1937年在《北平晨报·文艺》连载七次(1月18日至3月29日)。赵少侯的序原无标题,书中题目为编者所加。／未完成小说也按发表先后编排,并在篇末注明发表时的时间与报刊。

《第9卷:戏剧1集》　　615页　39.00元

◆图版4页／本卷说明1页／目录2页‖残雾／国家至上／张自忠／面子问题／大地龙蛇;序／归去来兮／谁先到了重庆

《第10卷:戏剧2集》　　701页　42.50元
◆图版4页／本卷说明2页／目录2页‖老舍　赵清阁　萧亦五　王老虎／老舍　赵清阁　桃李春风;赵清阁:序／赵清阁:《桃李春风》／五虎断魂枪 The Spear That Demolishes Five Tigers at Once／方珍珠／龙须沟／一家代表／生日／春华秋实

※[本卷说明]:《The Spear That Demolishes Five Tigers at Once》是一部英文话剧,打印稿收藏于美国哥伦比亚大学善本书及手稿图书馆。品应为四十年代末在美国纽约写成,初收入1993年香港勤＋缘出版社《老舍英文书信集》〔☆[Ⅱ－59]〕中,由舒悦译成中文。收入本卷时由胡允桓校订。

《第11卷:戏剧3集》　　686页　41.90元
◆图版4页／本卷说明2页／目录3页‖青年突击队／西望长安／秦氏三兄弟／茶馆／红大院／女店员／全家福／赌／神拳;后记／宝船

※[本卷说明]:《赌》写于1961年秋,据手稿收入。

《第12卷:戏剧4集》　　631页　39.60元
◆图版4页／本卷说明2页／目录5页‖《荷珠配》;序言／火车上的威风／新刺虎／薛二娘／王家镇／柳树井／消灭病菌／大家评理／十五贯／青霞丹雪／青蛙丹雪;一些说明／第二个青春／走西口;后记／王宝钏;前言／人同此心／拉郎配

※[本卷说明]:本集收入戏曲、话剧、歌剧等剧本17个。／歌剧《第二个青春》约写于1961年前后,此后据油印本整理发表。／《人同此心》是经毛主席授意、周总理安排,作者创作于1952年的电影文学剧本,后被尘封四十多年,1994年发表于《电影文学》1月号。／《拉郎配》是作者于1961年根据同名川剧改编的一个歌剧剧本,因故未能上演,此次为首次整理发表。

《第13卷:曲艺　诗》　　804页　46.90元

◆图版4页／本卷说明1页／目录11页‖曲艺：鼓词15篇／相声31篇／快板12篇／太平歌词4篇／山东快书1篇／单弦牌子曲1篇／唱本唱词7篇／新诗72题／旧体诗123题
※［本卷说明］：本卷收入曲艺、新诗、旧体诗。／这些作品大部分曾收入《老舍文集》〔☆［Ⅰ－1］〕和作者的一些通俗文艺作品中。除此之外，还尽可能搜集了散见于报刊杂志上的作品入集。

《第14卷：散文 杂文》 806页 46.90元
◆图版4页／本卷说明1页／目录11页‖散文、杂文254篇‖附录：*Living in Peking*／*Freedom and the Writer*／*A Writer Speaks of Writing*
※［本卷说明］：本卷收入作者写于1931至1958年的散文、杂文共254篇。／这些作品大部分曾收入近年来陆续出版的《老舍文集》〔☆［Ⅰ－1］〕、《老舍生活与创作自述》〔☆［Ⅱ－14・29］〕、《老舍散文精编》〔☆［Ⅱ－60］〕和其它一些作品集中。除此之外，还尽可能搜集了本时期散见于各报刊杂志上的作品入集。其中《住在北京》、《自由和作家》、《作家谈写作》三篇，由**胡允桓**据英文翻译，英文原文收入附录。

《第15卷：散文 杂文 书信》 851页 49.40元
◆图版4页／本卷说明1页／目录22页‖散文、杂文79篇／幽默文109篇／书信208封
※［本卷说明］：本卷收入作者写于1959至1966年间的幽默文共109篇，作为散文的一部分单独编排。同时收入作者1924至1966年的书信共208封。／这些作品和书信大部分曾收入近年来陆续出版的《老舍文集》〔☆［Ⅰ－1］〕、《老舍幽默诗文集》〔☆［Ⅱ－27］〕、《老舍书信集》〔☆［Ⅱ－55］〕及其它作品集中。除此之外，还尽可能搜集了本时期散见于各报刊杂志上的作品、书信和作者本人的书信入集。其中作者用英文写给国外友人的书信由**舒悦**翻译，**胡允桓**校阅。／书信部分按按收信人分编,收信人

的排列以第一封信的时间为序,同一收信人的书信按时间先后排列。作品和书信篇末注有初发时间及刊物。

《第16卷:文论一集》 774页 45.30元

◆图版4页／本卷说明1页／目录7页‖《文学概论讲义》／《老牛破车》／《和工人同志们谈写作》／《出口成章》／文艺理论文章80篇‖附录:Tang Love Stories

※［本卷说明］:本卷收入作者的文艺理论著述集《文学概论讲义》、《老牛破车》、《和工人同志们谈写作》、《出口成章》。另收入写于1930至1941年间的文艺理论文章80篇。其中包括个人的创作经验、文艺作品的批评、作品序跋、文艺理论阐述及有关文艺问题的讲演、问答等。／其余单篇论文大部分曾收入近年陆续出版的《老舍文集》〔☆［Ⅰ－1］〕、《老舍论创作》〔☆［Ⅱ－13·31］〕、《老舍生活与创作自述》〔☆［Ⅱ－14·29］〕、《老舍论剧》〔☆［Ⅱ－26］〕和其他一些论文集中;除此之外,还尽可能搜集了本时期散见于各报刊杂志上的文章入集。其中《唐代的爱情小说》由马小弥据英文翻译,收入本卷时由胡允桓补译、校阅,英文原文收入附录。

《第17卷:文论二集》 748页 44.40元

◆图版4页／本卷说明1页／目录9页‖文艺理论文章199篇‖附录:The Modern Chinese Novel／About "Divorce" With Notes on This Novel／The Little Story／What Have We Writer?

※［本卷说明］:本卷收入作者写于1942至1960年间的文艺理论文章共199篇。其中包括个人的创作经验与体会、文艺作品的批评、作品序跋、文艺理论阐述及有关文艺问题的讲演问答等。／这些文章大部分曾收入近年陆续出版的《老舍文集》〔☆［Ⅰ－1］〕、《老舍论创作》〔☆［Ⅱ－13·31］〕、《老舍论剧》〔☆［Ⅱ－26］〕、《老舍曲艺文选》〔☆［Ⅱ－32］〕及其他一些论文集中。除此之外,还尽量搜集了本时期散见于各报刊杂志上的未入集文章。其中《中国现代小说》、《关于〈离婚〉》、《小故事》、

Ⅰ．選集・文集・全集・経典等

《我们写了什么》四篇系由英文转译，分别由马小弥、**舒悦**、**胡允桓**翻译，**胡允桓**校阅。英文原文收入附录。

《第18卷：文论 工作报告 译文》 743页 44.40元

◆图版4页／本卷说明1页／目录7页‖文艺理论文章61篇／工作报告27篇／翻译作品16篇

※[本卷说明]：本卷收入作者写于1961至1966年间的文艺理论文章共61篇。收入作者1930至1963年间的工作报告共27篇。同时收入作者1922至1956年间的翻译作品16篇。／文论部分续前卷，包括个人的创作经验与体会、文艺作品的批评、作品序跋、文艺理论阐述及有关文艺问题的谈话。工作报告包括作者三十年代初主持编辑《齐大月刊》时以编辑部的名义写的编后记；抗战时期主持"文协"工作时写的会务报告；1949年后负责北京市"文联"和中国"作协"工作时的工作总结、工作报告等。译文部分包括作者翻译的文学作品、文艺理论文章、作家介绍和一些非文学类的文章。／这些作品大部分曾收入近年陆续出版的《老舍文集》〔☆［Ⅰ－1］〕、《老舍论创作》〔☆［Ⅱ－13・31］〕、《老舍剧作全集》〔☆［Ⅰ－3］〕及其他一些作品集中，除此之外，还尽可能搜集了散见于各报刊杂志上的作品入集，特别是译文部分，除《苹果车》外，其余单篇译文以前未编集出版。

《第19卷：日记 佚文》 696页 42.20元

◆图版4页／本卷说明1页／目录2页‖日记／佚文；**拟编辑《乡土志》序／京师私立小学教员夏期国语补习会纪事／儿童主日学与儿童礼拜设施之商榷／北京缸瓦市伦敦会改建中华教会经过纪略／灵格风汉语教材**‖舒济 郝长海 吴怀斌编撰：老舍年谱487(489)-663／全集篇目索引665(667)-693／编后记695-696

※[本卷说明]：本卷收入作者1937至1966年间的日记和散佚的非文学类文章4篇；同时收入作者在伦敦大学东方学院时参加编写的《灵格风汉语教材》。／日记部分包括10个相对独立的日记片段，以年份为单位，顺序排列，其中除第一段日记曾在杂志上发表过，其余均据手稿整理收入，并附有作者体验生活时写下的笔记和调查资料。收入本卷时加有简注。

／佚文部分是作者早年参与社会公益事务及宗教活动时写下的一些文字，直接从发表时的报刊杂志上搜集入集，并加有简注。／《灵格风汉语教材》是作者在伦敦大学东方学院任汉语讲师时与**布鲁斯**教授、**爱德华兹**小姐共同编写的汉语课本《言语声片》的第二卷，二十年代中由灵格风学会出版发行。书中的中文部分由作者负责编撰，其中的汉字是作者手书，生词和课文也由作者朗读灌制唱片。本书现在的书名是这次入集时编者所加。

12.『老舍作品经典』（全6卷）　舒乙编
　　1999年2月　中国华侨出版社（北京）
　　A5版　5000套　130元（全6卷）
　→2000年1月第2次印刷

― 1．《第Ⅰ卷》421页
　　◆目录1页‖［长篇小说］二马／猫城记
　→新装本2004年2月第2次印刷　2000册　35.00元

― 2．《第Ⅱ卷》464页
　　◆目录1页‖［长篇小说］离婚／骆驼祥子
　→新装本2004年2月第2次印刷　2000册　35.00元

― 3．《第Ⅲ卷》465页
　　◆目录1页‖［长篇小说］小坡的生日／牛天赐传／正红旗下
　→新装本2004年2月第2次　2000册　35.00元

― 4．《第Ⅳ卷》450页
　　◆目录2页‖［短篇小说］五九／热包子／爱的小鬼／同盟／大悲寺外／马裤先生／微神／开市大吉／歪毛儿／柳家大院／抱孙／黑白李／眼镜／铁牛和病鸭／也是三角／上任／牺牲／柳屯的／末一块钱／老年的浪漫／毛毛虫／善人／邻居们／月牙儿／老字号／断魂枪／新韩穆烈德／"火"车／兔／我这一辈子／恋／狗之晨／丁／新爱弥耳

→新装本2004年2月第2次　2000册　35.00元

― 5．《第Ⅴ卷》437页
　　◆目录1页‖[戏剧]方珍珠／龙须沟／茶馆／女店员／全家福／宝船
　→新装本2004年2月第2次　2000册　35.00元

― 6．《第Ⅵ卷》463页
　　◆目录5页‖[散文]辞婚／一些印象（节选）／非正式的公园／趵突泉的欣赏／抬头见喜／小麻雀／头一天／还想着它／哭白涤洲／又是一年芳草绿／春风／小动物们／小动物们（鸽）续／何容何许人也／青岛与山大／想北平／英国人／我的几个房东／大明湖之春／东方学院／这几个月的生活／无题（因为没有故事）／五月的青岛／五天的日记／吊济南／南来以前／小型的复活（自传之一章）／快活得要飞了／入会誓词／致台儿庄战士的慰劳书／一封信／记"文协"成立大会／会务报告／这一年的笔／轰炸／我为什么离开武汉／怀友／生日／五四之夜／独白／宗月大师／又一封信／向王礼锡先生像致敬／未成熟的谷粒／行都通讯／诗人／自述／敬悼许地山先生／参加郭沫若先生创作二十五年纪念会感言／滇行短记／悼赵玉三司机师／家书一封／母鸡／我所认识的沫若先生／答客问／文艺与木匠／第一届诗人节／可爱的成都／青蓉略记／旧诗与贫血／我的母亲／"四大皆空"／我有一个志愿／割盲肠记／一点点认识／双十／文牛／大智若愚／文协七岁／给茅盾兄祝寿／痴人／八方风雨／纽约书简／我热爱新北京／北京的春节／大地的女儿／新社会就是一座大学校／生活，学习，工作／北京／要热爱你的胡同／谢谢青年朋友们的关切／养花／"五四"给了我什么／新疆半月记／白石夫子千古／百花齐放的春天／贺年／悼念罗常培先生／悼于非闇画师／猫／宝地／勤俭持家／梅兰芳同志千古／内蒙风光（节选）／敬悼郝寿臣老先生／南游杂感／记忆犹新／春来忆广州／可喜的寂寞／下乡简记／到了济南／落花生／青岛与我／有了小孩以后／四位先生／多鼠斋杂谈‖
　　舒乙：编者后记5页

→新装本2004年2月第2次　2000册　35.00元

13．『中国现代文学珍藏大系　老舍卷（上）（下）』
　　　许建辉主编　　舒乙、陈学建策划
　　　2003年3月　蓝天出版社（北京）
　　　A5版　789页　10000套　45.00元（上、下）
　　　※舒乙［序］：这套"中国现代文学馆珍藏大戏"的编辑特点有五；一、图文并茂；二、有作家自己写自己身世的文字，或自述，或自传；三、有自我评论部分，或创作经验谈，或自评；四、有散文精选，包括游记在内；五、有创作名篇，或小说，或诗歌，或戏剧，或杂文，因人而异。／第一批入选名家有鲁迅、茅盾、巴金、老舍、冰心、朱自清、许地山、闻一多八位，其中有三人是出两卷，其余均为一卷。

一1．《上》402页
　　◆图版／舒乙：序2页／目录2页‖自传；著者略厉／我的母亲／宗月大师／东方学院／小型的复活／"四大皆空"／自述／八方风雨 小说；大悲寺外／微神／柳家大院／兔／上任／月牙儿／老字号／浴奴／不成问题的问题／恋／断魂枪／狗之晨／我这一辈子／正红旗下

一2．《下》387页
　　◆目录3页‖散文；到了济南／一天／有声电影／新年醉话／抬头见喜／观画记／大发议论／考而不死是为神／小病／避暑／习惯／记涤洲／落花生／有钱最好／又是一年芳草绿／春风／小动物们／小动物们（鸽）续／想北平／鬼与狐／英国人／有了小孩以后／搬家／大明湖之春／无题（因为没有故事）／敬悼许地山先生／多鼠斋杂谈／"住"的梦／姚蓬子先生的砚台／北京的春节／内蒙风光（节选）戏剧；茶馆 游记；滇行短记／青蓉略记 创作谈；我怎样写《老张的哲学》／我怎样写《赵子曰》／我怎样写《小坡的生日》／我怎样写《大明湖》／我怎样写短篇小说／我怎样写《牛天赐传》／我怎样写《骆驼祥子》／闲话我的七个话剧／我怎样写《火葬》／诗与散文／怎样写

22

文章／《红楼梦》并不是梦／关于文学的语言问题／谈叙述与描写／戏剧语言‖附录；四世同堂(补篇)705(707)-775／附；胡絜青 舒乙：破镜重园776-787‖出版后记788-789

14.『老舍选集』[二十世纪中国著名作家文库]孔范今编选
2003年5月第2版第2次印刷　山东文艺出版社(济南)
A5版　1146页　37.00元(上、下册)
【注】[Ⅰ-7]新装本。

－1.《上》545页
◆目录2页／孔范今：前言36页‖老张的哲学／离婚／正红旗下

－2.《下》600(547-1146)页
◆骆驼祥子／马裤先生／微神／柳家大院／黑白李／牺牲／柳屯的／月牙儿／老字号／善人／断魂枪／且说屋里／我这一辈子／龙须沟／茶馆‖附录；张萍萍：老舍主要作品出版年表1135-1146

15.『老舍小说全集[修订版]』(全11卷)舒济・舒乙编
2004年8月　长江文艺出版社(武汉)
A5版　5000套　288.00元(简精装)
【注】[Ⅰ-4]の改订版。

《第一卷》414页　25.00元
◆图版3页／第一卷说明1页／目录1页‖老张的哲学／赵子曰

《第二卷》412页　25.00元
◆图版3页／第二卷说明1页／目录1页‖二马／小坡的生日

《第三卷》402页　24.00元
◆图版3页／第三卷说明1页／目录1页‖猫城记；自序／离婚

《第四卷》463页　27.00元

◆图版3页／第四卷说明1页／目录1页‖牛天赐传／天书代存；老舍序／少侯序／致函／骆驼祥子

《第五卷》468页　27.00元
◆图版3页／第五卷说明1页／目录1页‖文博士／蜕／火葬

《第六卷》448页　26.00元
◆图版3页／第六卷说明1页／目录1页‖惶惑；序

《第七卷》500页　28.00元
◆图版3页／第七卷说明1页／目录1页‖偷生

《第八卷》454页　26.00元
◆图版3页／第八卷说明2页／目录1页‖饥荒／正红旗下／小人物自述

《第九卷》437页　26.00元
◆图版3页／第一卷说明1页／目录1页‖鼓书艺人／无名高地有了名

《第十卷》473页　27.00元
◆图版3页／第十卷说明1页／目录3页‖《赶集》；序／五九／热包子／爱的小鬼／同盟／大悲寺外／马裤先生／微神／开市大吉／歪毛儿／柳家大院／抱孙／黑白李／眼镜／铁牛与病鸭／也是三角／《樱海集》；序／上任／牺牲／柳屯的／末一块钱／老年的浪漫／毛毛虫／善人／邻居们／月牙儿／阳光／《蛤藻集》；序／老字号／断魂枪／听来的故事／新时代的旧悲剧／且说屋里／新韩穆烈德／哀启

《第十一卷》460页　27.00元
◆图版3页／第十一卷说明1页／目录3页‖《火车集》；"火车"／兔／杀狗／东西／我这一辈子／浴奴／一块猪肝／人同此心／一封家信／《贫血集》；小序／恋／小木头人／不成问题的问

24

题／八太爷／一筒炮台烟／集外；她的失败／小铃儿／旅行／狗之晨／记懒人／抓药／生灭／沈二哥加了薪水／裕兴池里／创造病／丁／不说谎的人／番表／牛老爷的痰盂／兄妹从军／敌与友／电话／民主世界‖舒济：老舍年谱简编431-460

16.『老舍作品经典（上、下卷）』舒乙编
   2007年6月　中国广播电视出版社（北京）
   B5版　5000套　65.00元
   插图：郭运娟

   《上卷》357页
   ◆图版3页／舒乙：(代前言)五把钥匙5页／目录1页‖茶馆／牛天赐传／猫城记／月牙儿／黑白李／上任／大悲寺外／柳家大院／也是三角／邻居们

   《下卷》359页
   ◆图版4页／目录1页‖老张的哲学／文博士／正红旗下／不成问题的问题／微神／小人物的自述／丁／柳屯的／断魂枪

17.《老舍小说精汇》（全21卷）舒乙主编
   2008年5月―　文汇出版社（上海）　A5版　カバー・オビ
   【注】1・2・3の続刊書目：《二马》／《猫城记・新韩穆烈德》／《骆驼祥子・狗之晨》／《离婚・丁》／《老张的哲学》《文博士・阳光》／《正红旗下・小型的复活》／《月牙集》／《断魂枪集》／《赵子曰》／《小坡的生日・小木头人》／《牛天赐传》／《火葬》／《微神集》／《鼓书艺人》／《无名高地有了名》／《幽默小品集》／《我怎样写小说》

   －1.『惶惑――《四世同堂》第一部』
   　　2008年5月　469页　36.00元
   　　◆图版1页／老舍小传1页‖序1页／惶惑1-469

   －2.『偷生――《四世同堂》第二部』

2008年5月　523页　39.80元

◆图版1页／老舍小传1页‖偷生1-523

－3.『饥荒 —— 《四世同堂》第三部』

2008年5月　308页　28.00元

◆图版1页／老舍小传1页‖偷生1-307／后记（1946年10月1日纽约）308

Ⅱ. 单行本

1978年

1. 『老舍剧作选』
   1978年5月北京第2版湖北第2次印刷　人民文学出版社（北京）
   A5版　376页　0.95元
   封面题字：**胡絜青**
   ◆图版2页／目次1页‖序3页／龙须沟／茶馆／女店员／全家福／神拳／附：《龙须沟》写作经过／答复有关《茶馆》的几个问题／吐了一口气‖胡絜青：《老舍剧作选》再版后记374-376
   ※［出版说明］：一九五九年我社出版的《老舍剧作选》，是老舍同志生前的自选集。这次重印，经老舍夫人**胡絜青**同志审定，补入《神拳》一剧，并收进作者谈剧本创作过程和写作意图的三篇文章。／这次排印，以作者的自选集为底本，参照作者生前出版的单行本，在文字上作了个别校勘。

2. 『骆驼祥子』
   1978年8月北京第2版湖北第2次印刷　人民文学出版社（北京）
   B6版　220页　0.58元
   插图：丁聪
   ◆图版2页‖骆驼祥子1-213；插图8页／后记214‖附录：**我怎样写《骆驼祥字》**215-220
   →1979年4月北京第3次印刷　300000（110001－410000）册
   　1980年1月昆明第1次印刷
   →1978年11月北京第2版湖北第6次印刷　人民文学出版社（北京）
   A5版　220页　0.70元　精装本1.30元
   ※［出版说明］：《骆驼祥子》是我国著名作家老舍的一部优秀长篇小说，它以旧时代的北京为北京，写人力车夫骆驼祥子的悲惨遭遇。作品写于1936年。1941年11月由文化出版社作为《现代长篇小说丛书》之一初次印行。建国后又由晨光出

版公司列入《晨光文学丛书》印过几版。1955年嗯1月改由我社出版诗,作者曾作了较大的修改。这次重排印行依据的是我社1962年10月出版的横排本。
⇒［Ⅱ－23］

1979年

3.『龙须沟』［文学小丛书］
　　1979年1月　人民文学出版社(北京)
　　110×185　96页　0.19元
　　◆前言2页／人物表1-2‖龙须沟(三幕六场话剧)3-93‖《龙须沟》写作经过94-96

4.『宝船』
　　1979年3月北京第3次印刷　中国少年儿童出版社(北京)
　　B6版　139页　50000(50001－110000)册　0.30元
　　封面 插图:**曾佑瑄**
　　◆宝船(儿童剧)1-57／青蛙骑手(儿童歌剧)59(61)-139
　　【注】1961年12月北京初版的新装本。

5.『全家福』［人民保卫者文艺丛书］
　　1979年4月　群众出版社(北京)
　　135×185　71页　30000册　0.17元
　　◆人物表1页‖全家福(三幕七场话剧)‖我为什么写《全家福》70-71

6.『我热爱新北京』
　　1979年4月　北京出版社(北京)
　　A5版　192页　55000册　0.51元
　　封面题字:**胡絜青**
　　◆目录2页／**胡絜青**:写在《我热爱新北京》前面4页‖我热爱新北京／北京／要热爱你的胡同／北京的春节／有理讲倒人／新疆半月记／新社会就是一座大学校／养花／白石夫子千古／祝贺／贺年／百花齐放的春天／下乡简记／毛主席给了新的文

28

艺生命/《龙须沟》的人物/谈《方珍珠》剧本/有关《西望长安》的两封信/生活，学习，工作/八年所得/北京的"曲剧"/谈《将相和》/谈诗/诗与快板/怎么写快板/散文并部"散"/谈翻译/关于文学翻译工作的几点意见/谈文艺通俗化/怎样写通俗文艺/民间文艺的语言/怎样丢掉学生腔/"现成"与"深入浅出"/提高质量/打倒洋八股/[附]关于文学的语言问题/答某青年/文学修养/青年作家应有的修养/论才子
※[写在《我热爱新北京》前面]：一九五八年，北京出版社编印了老舍解放后的第一个散文集——《福星集》。／一九七八年六月，老舍追悼会以后，北京出版社的同志们热情地建议重印这本小说。想不到，它在整整二十年后，又获得了第二次生命。／比起五八年的本子，在四十篇文章（包括序和一篇附文）中此次保留了二十九篇，删去了几篇过了时的，另外补充了几篇新的，使文字上大致相等。编选的原则，除个别篇，如《下乡简记》，仍然是以五十年代的小品为限。在分类编排上还是按老样子，只是多了描写北京的一类，正因为这个，这本集子有了个新名字：《我热爱新北京》。

7.『西望长安』[人民保卫者文艺丛书]
　　1979年7月　群众出版社（北京）
　　135×185　100页　45000册　0.22元
　　◆人物表1页‖西望长安‖附:有关《西望长安》的两封信97-100

8.『四世同堂　第三部　饥荒』
　　1979年10月　四川人民出版社（成都）
　　A5版　230页　113000册　0.72元
　　◆饥荒

9.『四世同堂（上）』
　　1979年10月　百花文艺出版社（天津）
　　A5版　446页　1.20元
　　封面、插图:丁聪　书名题签:孙奇峰

◆图版2页／**胡絜青**：前言4页‖序2页／第一部**惶惑**1(3)-446

※［前言］：时隔三十余年，这次决定出版这部书时，我重新翻看了现在仅存的前两部手稿，发现老舍在建国后，在第一部前二十四章手稿上做了一点删节修改。因为他生前对全书并没有修改完，这次出版为了全书一致，仍旧按未修改前的原稿印行，只作了几处文字的校正。现在天津百花文艺出版社和四川人民出版社出版的第一部《惶惑》与第二部《偷生》，都根据原作手稿作了校对；第三部《饥荒》也与一九五〇年《小说》月刊上的连载进行了校对。前两部中央关于国民党的有些提法和称呼，由于考虑到作品写于国共合作的时期，写的是沦陷区的生活，又发表于国民党统治区，保持原来的那些提法与称呼，今天还是可以理解的；因此，也就不作改动了。

10. 『四世同堂（下）』
    1979年12月　百花文艺出版社（天津）
    A5版　701页　1.80元
    封面、插图：丁聪　书名题签：孙奇峰
    ◆第二部**偷生**447(449)-945／第三部**饥荒**947(949)-1147

11. 『四世同堂　第一部　惶惑』
    ＊1979年12月第1版　四川人民出版社（成都）
    1980年2月第1次印刷
    A5版　507页　92000册　1.52元
    ◆图版2页／**胡絜青**：前言4页‖序2页／**惶惑**
    【注】胡絜青「前言」は［Ⅱ－7］の「前言」と同じ。

1980年

12. 『四世同堂　第二部　偷生』
    1980年1月　四川人民出版社（成都）
    A5版　573页　100000册　1.64元
    ◆**偷生**

30

Ⅱ．単行本

13.『老舍论创作』胡絜青编
1980年2月　上海文艺出版社（上海）
A5版　202页　30000册　0.69元
◆图版2页／目录2页‖第一辑；我怎样写《老张的哲学》／我怎样写《赵子曰》／我怎样写《二马》／我怎样写《小坡的生日》／我怎样写《大明湖》／我怎样写《猫城记》／我怎样写《离婚》／我怎样写短篇小说／我怎样写《牛天赐传》／我怎样写《骆驼祥子》／闲话我的七个话剧／我怎样写通俗文艺／我怎样写《剑北篇》／我怎样写《火葬》／谈幽默／景物的描写／人物的描写／事实的运用／言语与风格　第二辑；记写《残雾》／三年写作自述／习作二十年／暑中写剧记／谈《方珍珠》剧本／《龙须沟》写作经过／《龙须沟》的人物／《老舍选集》自序／剧本习作的一些经验／我怎么写的《春华秋实》剧本／有关《西望长安》的两封信／谈《茶馆》／答复有关《茶馆》的几个问题／我为什么写《全家福》／我的经验／吐了一口气／一点小经验／最值得歌颂的事／赵旺与荷珠／一九三七年版《老牛破车》序‖胡絜青：后记199-202

※［后记］：一九三七年人间书屋出版了老舍的第一部创作经验集，叫《老牛破车》，收集了老舍一九五三年——一九三六年写的十四篇文章。／实际上《老牛破车》是老舍的第一个创作十年的总结。在这十年之中他出了十本书。所以《老牛破车》也可以叫做《创作经验谈》，或者叫《创作十年》。／在老舍的第二个创作十年之中，除了小说之外，他还创作了话剧、通俗文艺和长诗。在一九四二年到一九四四年之间老舍又补充了五篇创作经验谈，即怎样写《骆驼祥子》、《火葬》、《剑北篇》、怎样写话剧和怎样写通俗文艺。本来，老舍准备把五篇也放在《老牛破车》之中。我在他的一份手稿上看到了他自己为再版的《老牛破车》编写的一份新目录，所包括的文章数已由本来的十四篇增加为十九篇。除此之外，在原来的怎样写短篇小说一文之后，一九四四年春老舍又补加了一段文字，记述了抗日战争时期出版的短篇小说集《火车集》和《贫血集》。（这次，已把这段文字按原手稿补印上了）。可是，一九四八年《晨光文学丛书》中的再版

《老牛破车》并没有把这五篇新作及关于短篇的增补印出来。我估计,这可能是由于老舍本人当时在国外,手稿没能交给晨光出版公司。／解放前后,在老舍的第三个创作十年和第四个创作十年之中,关于创作经验的短文老舍并没有少写,几乎没有间断过,大多都是随写随发表,相当分散。对于这个时期的这类文字,老舍本人生前未加整理过,因此,也没有出过新的专集。／打倒"四人帮"之后,上海文艺出版社的朋友们热情地提议把所有老舍地创作经验谈通通集中起来,出一本新书,分上、下两辑,第一辑是解放前的《老牛破车》和它的增补,第二辑是解放前后的新著经验谈汇总。这样做,一方面能实现老舍原来增补《老牛破车》的遗愿,另一方面又能增加大量解放后的新材料,新旧归集于一,能给人以全貌。／为了不使篇幅过长,在编选时,我和出版社的同志们约定,凡属怎样写某部作品的文章方能录用,其他属于文字、言语、技巧方面的文章则不取。第一辑原《老牛破车》中的后五篇,即《谈幽默》、《风景的描写》、《人物的描写》、《事实的运用》和《言语与风格》虽亦属做小说的技巧,但一九三七版中的就有,只好尊重作者的原意了。老舍是个相当注意文字技巧的作家,他这方面的论著颇多,可以另成专集。／对于《老牛破车》中的我怎样写《猫城记》一文,我犹豫了很久,最后还是决定照印。／我喜欢"老牛破车"这个名字,很有风趣,又很自谦,这是老舍为人的写照。老舍对自己的作品要求相当严格,他的创作态度十分严肃,从不爱说过满的话,对大部份自己的作品总是表示不满意,自己总能找出很多缺点和不足,这是老舍的一个大特点,取名《老牛破车》就很能代表这个意思。／虽然这次出版的新集不再用"老牛破车"这个名字了,但是,"老牛"精神却应长在。老牛——非常平凡,不值得夸耀,但它又是任劳任怨,勤勤恳恳,老诚朴实的化身,它默默无闻地为大众百姓服务,任重而道远,鞠躬尽瘁,吃的却是普普通通的草。老舍已经故去,但是他留给我们的精神财富是不是可以概括在这个老牛精神中呢?

⇒［Ⅱ－31］

14. 『老舍生活與創作自述』［回憶與隨想文叢］**胡絜青**編
   1980年4月　生活・讀書・新知三聯書店香港分店（香港）
   114×184　562頁　港幣16元
   ◆圖版12頁／**胡絜青**：前言1頁／目錄5頁‖寫自己的創作過程；我怎樣寫《老張的哲學》／我怎樣寫《趙子曰》／我怎樣寫《二馬》／我怎樣寫《小坡的生日》／我怎樣寫《大明湖》／我怎樣寫《猫城記》／我怎樣寫《離婚》／我怎樣寫短篇小說／我怎樣寫《牛天賜傳》／AB與C／我怎樣寫《駱駝祥子》／記寫《殘霧》／我怎樣寫《劍北篇》／我怎樣寫《火葬》／三年寫作自述／我怎樣寫通俗文藝／閑話我的七個話劇／習作二十年／談《方珍珠》劇本／《龍鬚溝》的人物／我怎樣學習語言／《無名高地有了名》後記／有關《西望長安》的兩封信／答覆有關《茶館》的幾個問題／十年筆墨／《荷珠配》序言／吐了一口氣　寫自己的身世與經歷；正紅旗下／抬頭見喜／「五四」給了我什麼／小型的復活／自傳難寫／我的幾個房東／讀與寫／讀書／有了小孩以後／我的暑假／一封信／自述／成績欠佳,收入更欠佳／「四大皆空」／舊诗與貧血／八方風雨／生活,學習,工作／養花／謝謝青年朋友們的關切／可喜的寂寞／詩二首‖附錄；**黄苗子**：老舍之歌——老舍的生平和創作501-534／**王行之**：老舍夫人談老舍535-562
   ※［前言］：老舍生前沒有留下比較詳細的自傳,也沒有寫過長篇的回憶錄。在六十年代初期,他在繼續寫劇本的同時開始寫一部長篇的自傳體小說,遺憾的是只寫了八萬字,就中斷了,這就是本書所收入的《正紅旗下》。／本書的前九篇,曾收在抗日戰爭出版的創作經驗集《老牛破車》中。抗日戰爭期間和新中國成立後,他又斷斷續續地寫了一些有關自己創作與生活的小文。現在把已搜集到這類文章整理成集,可以從中看到他的身世、經歷與他是怎樣創作的。
   ⇒［Ⅱ－31］・［Ⅱ－46］

15. 『茶馆［三幕话剧］』
   1980年6月第2次印刷　中国戏剧出版社（北京）
   B6版　80頁　0.22元

◆人物表3页‖**茶馆**4-76‖附录；幕之幕间的快板77-80
【注】1961年12月北京初版の新装本。

16.『**茶馆**（三幕话剧）』
　　1980年5月　四川人民出版社（成都）
　　A5版　227页　7500册　0.92元
　　封面设计：丁聪　插图：叶浅予
◆图版／目次2页／人物表4页‖**茶馆**1-79‖**答复有关《茶馆》的几个问题**80-82／**谈《茶馆》**83-84／胡絜青：值得记载的演出85-86／王朝闻：你怎么绕着脖子骂我呢－看话剧《茶馆》的演出87-141／金受申：谈《茶馆》，话茶馆142-146／李健吾：谈《茶馆》147-149／汪巩：《茶馆》的三个三150-157／郭汉城：《茶馆》的时代与人物158-168／止戈：山雨欲来风满楼──《茶馆》重演漫品之一169-176／王云缦：戏剧名珠重生辉──试论老舍名剧《茶馆》的艺术特色177-187／演《茶馆》谈《茶馆》─北京人民艺术剧院导演、演员、舞美设计座谈《茶馆》188-227

17.『**正红旗下**』
　　1980年6月　人民文学出版社（北京）
　　B6版　142页　100000册　0.51元
　　封面、插图：夏葆元・林旭东
◆目录1页／胡絜青：写在《正红旗下》前面（代序）7页‖**正红旗下**1-133；插图6张‖附录；胡絜青・舒乙：记老舍诞生地134-142

18.『**二马**』
　　1980年11月　四川人民出版社（成都）
　　A5版　282页　90000册　1.05元
　　封面、插图：代卫
◆**二马**1-276‖附录：**我怎样写《二马》**277-282
【注】「此书系根据晨光出版社四八年版本发排」。

19.『**牛天赐传**』

1980年11月　　宁夏人民出版社（银川）

A5版　212页　30600册　0.80元

封面、插图：丁聪

◆图版1页；**詹建俊**：作者像／**胡絜青**：前言2页‖**牛天赐传**1-209；插图24页‖附录：**我怎样写《牛天赐传》**209-212

※［前言］：老舍的长篇小说《牛天赐传》是一九三四年到八月创作于济南的,最初以连载的方法发表在《论语》半月刊上。在三十年代和四十年代曾由人间书屋、文学出版社、新丰出版社和晨光出版公司出过单行本。／日本的**竹中伸**先生一九四三年把《牛天赐传》翻译成了日文出版。／《牛天赐传》解放后在国内没有再版过。这次再版是解放后的头一回,事隔三十二年又获得了新生,不简单！／去年老舍的三部曲长篇小说《四世同堂》头一回在国内发全套的单行本,我曾写过一篇小文,说它的出版是打破了禁区。这次《牛天赐传》的再版,其价值,据我看,也不亚于《四世同堂》的出版。

1981年

20.『**老舍短篇小说选**』

1981年2月北京第6次印刷　　人民文学出版社（北京）

A5版　206页　70000（102501－172500）册　0.60元

封面题字：**胡絜青**　　装帧设计：**潭秋**

◆目次1页‖**黑白李**／**断魂枪**／**牺牲**／**上任**／**柳屯的**／**善人**／**马裤先生**／**微神**／**柳家大院**／**老字号**／**月牙儿**／**且说屋里**／**不成问题的问题**‖后记206

【注】1956年10月北京初版の新装本。

21.『**月牙集**』

1981年3月　　河北人民出版社（石家庄）

B6版　228页　41000册　0.60元　（精）2700册　1.00元

插图：**袁运生**

◆出版说明1页／月牙集序1页／目次1页‖**月牙儿**；插图3页／

新时代的旧悲剧；插图4页／**我这一辈子**；插图2页／**且说屋里**；插图1页／**不成问题的问题**

22.『老舍写作生涯』[作家生活与创作自述]胡絜青编
　　1981年5月　　百花文艺出版社（天津）
　　A5版　　329页　　15000册　　1.01元
　　书名题词：**胡絜青**
　→1982年9月第2次印刷　　9000(15001-24000)册
　　◆图版8页／目录3页‖**正红旗下**(节录)／**我的母亲**／**抬头见喜**／**"五四"给了我什么**／**小型的复活**／**自传难写**／**头一天**／**我的几个房东**／**读与写**／**还想着它**／**读书**／**夏之一周间**／**有了小孩以后**／**个人计划**／**我的暑假**／**五天的日记**／**一封信**／**记"文协"成立大会**／**入会誓词**／**我为什么离开武汉**／**"五四"之夜**／**生日**／**又一封信**／**行都通讯**／**家书一封**／**自述**／**在乡下**／**述志**／**成绩欠佳，收入更欠佳**／**"四大皆空"**／**割盲肠记**／**旧诗与贫血**／**入城**／**今年的希望**／**磕头了**／**八方风雨**／**纽约书简**／**由三藩市到天津**／**新社会就是一座大学校**／**生活，学习，工作**／**贺年**／**宝地**／**养花**／**谢谢青年朋友们的关切**／**勤俭持家**／**可喜的寂寞**／**下乡简记**‖附录；罗常培：我与老舍276-280／罗常培：老舍与云南281-286／黄苗子：老舍之歌287-309／王行之：老舍夫人谈老舍310-329

23.『骆驼祥子』
　　1981年9月北京第4次印刷　　人民文学出版社（北京）
　　B6版　　220页
　　63000(410001－473000)册　　0.64元
　　◆图版2页‖骆驼祥子1-213；插图5页／后记214‖附录：**我怎样写《骆驼祥子》**215-220
　　封面设计、插图：**高荣生**
　　【注】[Ⅱ－2]の新装版。

24.『离婚』
　　1981年9月　　人民文学出版社（北京）

B6版　268页　110000(34001-144000)册　0.72元

封面设计、插图：**韩羽**

◆ **离婚**；插图5页

【注】1963年3月北京初版の新装本。

25.『微神集』

1981年10月　河北人民出版社(石家庄)

B6版　238页　19000册　0.66元

插图：袁运生

◆ 出版说明1页／老舍：序1页／目录1页‖上任／牺牲／柳屯的／毛毛虫／善人／邻居们／大悲寺外／马裤先生／微神／开始大吉／歪毛儿／柳家大院／抱孙／黑白李／眼镜／铁牛和病鸭／也是三角

26.『老舍论剧』

1981年12月　中国戏剧出版社(北京)

A5版　301页　7500册　1.10元

→1987年4月第2次印刷　1100(7501-8600)册　1.85元

◆ 图版2页／目录3页‖戏剧语言／对话浅论／话剧的语言／喜剧的语言／儿童剧的语言／语言、人物、喜剧／学一点诗词歌赋／人物、生活和语言／本固枝荣／文学创作和语言／谈现代题材／题材与生活／论悲剧／喜剧点滴／习写喜剧增本领／略谈提高／风格与局限／我的几句话／深入生活，大胆创作／多写些小戏／新文艺工作者对戏曲改进的一些意见／谈"粗暴"和"保守"／记写《残雾》／写给《张自忠》的导演者／《大地龙蛇》序／闲话我的七个话剧／暑中习剧记／谈《方珍珠》剧本／《方珍珠》的弱点／《龙须沟》写作经过／《龙须沟》的人物／剧本习作的一些经验／我怎么写的《春华秋实》剧本／有关《西望长安》的两封信／谈《茶馆》／答复有关《茶馆》的几个问题／看《茶馆》排演／我为什么写《全家福》／十年笔墨／《老舍剧作选》自序／我的经验／一点小经验／最值得歌颂的事／《神拳》后记／《荷珠配》序言／话剧中的表情／看戏短评／谈《将相和》／观戏简记／简评演技／我爱川剧／

好戏真多／梅兰芳同志千古／《郝寿臣脸谱集》序／敬悼郝寿臣老先生／舞台花甲／从盖老的《打店》说起／敬悼我们的导师／祝话剧丰收／《马连良演出剧本选集》序／戏剧漫谈／北京的"曲剧"／对曲剧的发展说几句话／新"王宝钏"
‖附；**舒济**：老舍传略289-293**舒济**　**王行之**：老舍剧作著译目录294-298／**王行之**：编者附言299-301

※［编者附言］：老舍先生的这些文章、讲话，绝大部分都在报刊上发表过。把它们汇编成册，按说，并不是一件十分困难的事情。我曾想，**胡絜青**先生是老舍先生的出了名的贤内助，家中大概会保存有比较完整的文稿资料，借来一用何等方便。我错了，错在犯了历史健忘症！全民族的一场大灾难刚刚过去，我竟盲目乐观地只顾向前看，忘记了我们民族的多少好文化已被"文化大革命"革得不知去向了！老舍先生和他生前保存的书籍、文稿、剪报等等资料，也都杳按如黄鹤，我们再也见不到了！为访求这些文章，只好跑遍一家一家图书馆和资料室，翻看卡片重新查找，然后再一字一字地抄录下来。用了一年多的业余时间，自行车轱辘快磨平了，在许多热心朋友的支持下，才勉强收集到这个程度，还够不上那个"全"字。其中，**舒济**同志的帮助最大，每当她抄下先生的一篇文章或者找到一个线索，总是立即交给我；**舒乙**同志也在忙中帮我校阅抄稿。／我敬佩这位独树一帜的戏剧理论家，犹如我敬佩风格、流派不同的别的戏剧理论家一样。正是由于这一缘故，我愿把先生请进文艺理论家们的殿堂，在编完这个集子之后，斗胆使用了谦逊的老舍先生一生不大常用的那个"论"字，把这本书定名为《老舍论剧》。

1982年

27.『**老舍幽默詩文集**』
1982年1月　生活・讀書・新知三聯書店香港分店（香港）
114×184　183頁　港弊12元
插圖：方成
◆**老舍**：序3頁／目次4頁‖诗；**救國難歌**／**戀歌**／长期抵抗／

致富神咒／賀論語週歲／痰迷新格／勉舍弟舍妹／國難中的重陽(千佛山)／教授／希望　文；一天／當幽默變成油抹／天下太平／不遠千里而來／吃蓮花的／買彩票／有聲電影／科學救命／特大的新年／討論／新年的二重性格／自傳難寫／一九三四年計劃／記懶人／狗之晨／新年醉話／辭工／到了濟南／大發議論／青島與我／有錢最好／考而不死是為神／避暑／寫字／談教育／鬼與狐／代語堂先生擬赴美宣傳大綱／像片／理想的文學月刊／畫像 ‖ 胡絜青：《老舍幽默詩文集》後記 182-183

※［出版說明］：《老舍幽默詩文集》，在卅多年前曾有出版，但時逢亂世，印數極少，早已失傳，現由老舍先生女兒**舒濟**女士在原有基礎上重新校勘，并增加十一篇作品，有老舍夫人**胡絜青**女士作跋，著名漫畫家**方成**插圖，紅花綠葉，相得益彰。

⇒［Ⅱ－54］

28.『**老舍小说集外集**』曾广灿・吴怀斌 编
1982年3月　北京出版社（北京）
B6版　280页　32500册　0.72元

◆图版1页／目录1页／**胡絜青**：前言1页 ‖ 狗之晨／抓药／生灭／沈二哥加了薪水／裕兴池里／创造病／丁／不说谎的人／新爱弥耳／番表／牛老爷的痰盂／敌与友／小铃儿／电话／蜕（未刊长篇）／民主世界（未刊长篇）‖ 编选者的话273-280

※［编选者的话］：一、本书所收编的作品，均选自最初发表报刊，出处附在各篇末尾。除《电话》一篇写于一九五八年外，其余都是民主革命时期的作品。文字与标点上，我们只就各篇在排印过程中的明显错讹作了校正，其他一律原文照排。／二、本书所选篇目，除《狗之晨》原是老舍先生应天津《益世报》编者之约，以小说"资格"分六次连载于该报"语林"副刊上的，一九三四年四月曾作为"幽默文"被编入《老舍幽默诗文集》。本来，如不考虑体裁样式，这篇作品也是入过集子的了。但我们想，一则，在已编入的集子中它并未取得小说"资格"；再则，《老舍幽默诗文集》中，可以作为小说读的，还可举出《讨论》、《记懒人》、《不

远千里而来》、《有声电影》、《辞工》等篇，这些作品同样没有以小说"资格"收编过集子。为提醒读者注意研究老舍先生的这些"速写体"、"寓言体"小说，或"小小说"，我们便把这篇富有生活情趣的"寓言体"小说——《狗之晨》收编进来，算是《集外集》的一个例外。／三、本书所收编的作品，仍是初步发现整理的一些篇目，是不全的。一些篇目为研究者已经注意到，一些篇目则是新发现的，绝大多数作品都是第一次和今天的读者见面。《民主世界》还仅找到三节，不满万字，是一个长篇的开端，为使读者能"窥一斑，而略知全豹"，也收编进来。

29.『**老舍生活与创作自述**』[新文学史料丛书]舒济 编
　　1982年4月　　人民文学出版社（北京）
　　A5版　　437页　　17000册　　1.30元

◆ 图版3页／胡絜青:前言1页／目录3页‖写自己的创作过程;我怎样写《老张的哲学》／我怎样写《赵子曰》／我怎样写《二马》／我怎样写《小坡的生日》／我怎样写《大明湖》／我怎样写《猫城记》／我怎样写《离婚》／我怎样写短篇小说／我怎样写《牛天赐传》／我怎样写《骆驼祥子》／我怎样写通俗文艺／记写《残雾》／我怎样写《剑北篇》／三年写作自述／闲话我的七个话剧／我怎样写《火葬》／习作二十年／我怎样学习语言／暑中写剧记／谈《方珍珠》剧本／《龙须沟》写作经过／《龙须沟》的人物／《老舍选集》自序／我怎么写的《春华秋实》剧本／《无名高地有了名》后记／有关《西望长安》的两封信／谈《茶馆》／答复有关《茶馆》的几个问题／我为什么写《全家福》／吐了一口气／十年笔墨／一点小经验／最值得歌颂的事／赵旺与荷珠　写自己的身世与经历;正红旗下／我的母亲／抬头见喜／"五四"给了我什么／小型的复活／自传难写／我的几个房东／东方学院／写与读／还想着它／读书／有了小孩以后／我的暑假／又是一年芳草绿／这几个月的生活／一封信／自述／成绩欠佳,收入更欠佳／"四大皆空"／旧诗与贫血／八方风雨／由三藩市到天津／生活,学习,工作／养花／谢谢青年朋友们的关切／可喜的寂寞／下乡简记／诗二首

40

／悼念罗常培先生‖胡絜青：后记435-437

※［出版说明］：本书一九八〇年四月由三联书店香港分店出版。今补充十五篇，列入《新文学史料》丛书印行。

※［后记］：香港三联书店八〇年出版了《老舍生活与创作自述》〔☆［Ⅱ－14］］，此书国内很少能见到，但闻讯来索取者颇多，纷纷要求在国内出版。面对这种真挚的要求，人民文学出版社作为《新文学史料丛书》之一予以出版。为了让读者了解得更多一点，这次出版又增加了十五篇。／最近一年来，我和孩子们陆续收集到一些老舍谈自己的小文，其中绝大多数是我们第一次读到的。它们散落在各种老的报纸上。找到它们，虽说不太难，可也得下真功夫。

⇒［Ⅱ－72］

30.『老舍文艺评论集』

1982年6月　安徽人民出版社（合肥）

122×210　212页　10000册　0.65元

封面题签：赖少其

◆目次3页‖我最爱的作家——康拉得／鲁迅先生逝世两周年纪念／敬悼许地山先生／舞台花甲／敬悼郝寿臣老先生／记忆犹新／臧克家的《烙印》／读巴金的《电》／读《鸭嘴涝》／读《逃出巴尔干》／《神曲》／《红楼梦》并不是梦／出色的报道／酒家饭馆有文章／天山文彩／一些可爱的故事／一点印象／读了《娥并与桑洛》／读《套不住的手》／《新生》简评／读诗感言／读王培珍的日记／看了《边城故事》／看戏短评／看了《俄罗斯问题》的彩排／谈《将相和》／对于观摩演出节目的意见／谈讽刺／谈相声《昨天》／谈《南海战歌》／观戏简记／我爱川剧／戏曲剧的发展说几句话／好戏真多／谈《武松》／向张士珍学习／谈《阴阳五行》／从盖老的《打店》说起／多编好相声／新的看花／看了一出好戏／说好新书／新《王宝钏》／好戏／小而精／看了一部好片子——《侦察兵》／救救电影／谈《林则徐》／要真钻，也要大胆创造／要言不烦，有戏可做／风格与局限／银幕上的《一百个放心》／《关友声画集》序／连环图画／观画偶感／说漫画／看画／读画小记／

傅抱石先生的画／祝贺／观画／画舫斋观画／迎春画展／看迎春画展／观画短记‖吴怀斌・曾广灿：编后记209-212

※［编后记］：最后，我们要就书名讲一点我们的考虑：题为《老舍文艺评论集》，第一，因为所收文章，虽只限于对具体文艺家和具体作品的评论，但内容广泛，不仅涉及到文学的各种体裁，而且涉及到绘画、表演艺术等方面；第二，不称"选集"，是因为收录不全，无从选择。称"评论集"，表达我们的一种希望，我们深信在大家的共同努力下，总有那么一天，先生这方面的文章都能找到，印成厚厚的一册。／老舍生前友好、著名书法家**赖少其**欣然为本书题签；**舒济**同志提供了《神曲》等文稿，对此，我们表示由衷的感谢！

31.『老舍论创作（增订本）』［中国现代作家论创作丛书］
1982年8月第2次印刷　上海文艺出版社（上海）
A5版　　357页　　15000(30001-46000)册　　1.10元

◆图版2页／出版说明1页／目次6页‖第一辑；我怎样写《老张的哲学》／我怎样写《赵子曰》／我怎样写《二马》／我怎样写《小坡的生日》／我怎样写《大明湖》／我怎样写《猫城记》／我怎样写《离婚》／我怎样写短篇小说／我怎样写《牛天赐传》／我怎样写《骆驼祥子》／闲话我的七个话剧／我怎样写通俗文艺／我怎样写《剑北篇》／我怎样写《火葬》／谈幽默／景物的描写／人物的描写／事实的运用／言语与风格　第二辑；记写《残雾》／三年写作自述／习作二十年／暑中写剧记／谈《方珍珠》剧本／《龙须沟》写作经过／《龙须沟》的人物／《老舍选集》自序／剧本习作的一些经验／我怎么写的《春华秋实》剧本／有关《西望长安》的两封信／谈《茶馆》／答复有关《茶馆》的几个问题／我为什么写《全家福》／我的经验／吐了一口气／一点小经验／最值得歌颂的事／赵旺与荷珠／一九三七年版《老牛破车》序　第三辑；我的创作经验／我的"话"／写与读／我怎样学习语言／回答《文艺学习》编辑部的问题／生活　学习　工作／作者的话／十年笔墨／勤有功／热爱今天／喜剧点滴／怎样写小说／如何接受文学遗产／怎样写通俗小说／什么是幽默？／论悲剧／我的几点体会／人

物，语言及其他／文学创作和语言——在作协湖南分会举办的文学讲座上的报告 第四辑；臧克家的《烙印》／读巴金的《电》／一个近代最伟大的境界与人格的创造者——我最爱的作家——康拉得／《泰山石刻》序／读《鸭嘴涝》／读《逃出巴尔干》／《神曲》／《红楼梦》并不是梦／出色的报道／酒家饭馆有文章／一点印象／天山文彩——介绍《新疆兄弟民族小说选》／一些可爱的故事／读了《娥并与桑洛》／读《套不住的手》／《新生》简评／读诗感言／读王培珍的日记／风格与局限‖**胡絜青**：后记354-357

※[出版说明]：本书出版由老舍夫人**胡絜青**同志编选，并撰写编后记。这次重印，由老舍女儿**舒济**同志增补了三十八篇文章，编成第三、第四两辑，使全书内容更臻丰富和完整。

32.『老舍曲艺文选』
1982年12月　中国曲艺出版社（北京）
A5版　399页　11000册　1.20元
封面题字：**胡絜青**　封面设计：丁聪
◆图版1页／目录4页／陶钝：序3页‖理论；谈通俗文艺／通俗文艺散谈／制作通俗文艺的苦痛／通俗文艺的技巧／我怎样写通俗文艺／大众文艺怎样写／"现成"与"深入浅出"／略谈普及工作／大众文艺创作问题／老百姓的创作力是惊人的——在北京市大众文艺创作研究会成立大会上的讲话／怎样写通俗文艺／谈文艺通俗化／民间文艺的语言／学习民间文艺／请多注意通俗文艺／写通俗一些／答友问／习作新曲艺的一些小经验／曲艺改进在北京／新文艺工作者对戏曲改进的一些意见——在全国戏曲工作会议上的发言（节录）／曲艺的新军／新曲艺应更进一步／关于业余曲艺创作的几个问题／祝贺／曲艺／听曲感言／大家合作／三多／曲艺的跃进／创作的繁荣与提高——在北京市第三次文代会上的发言摘要／积极发挥文艺尖兵的战斗作用／关于大鼓书词／鼓词与新诗／记忆犹新／怎么写快板／谈快板／相声改进了／向相声小组道喜／介绍北京相声改进小组／谈相声的改造／关于相声写作／谈讽刺／谈相声《昨天》／相声语言的革新／健康的笑声／谈《阴阳五行》／多编好相声——在中国曲艺

研究会召开的新评书座谈会上的发言／谈《武松》／说好新书作品；开国纪念一周年(太平歌词)／庆祝"七一"(太平歌词)／英雄赞(唱词)／别迷信(京津大鼓)／生产就业(大鼓书词)／控诉搂包的(大鼓书词)／覃本秀自述(鼓词)／活"武松"(鼓词)／女儿经(快板)／和平解放西藏(快板)／我们选举了毛主席(快板)／祝贺儿童节(快板)／听王少堂老人评讲《武松打虎》有感(快板)／红售货员(快板)／陈各庄上养猪多(快板)／吓一跳(山东快书)／维生素(改编菜单子)(相声)／假博士(改编文章会)(相声)／扫荡五气(相声)／双反(相声)／试验田(相声)／厚古薄今(小相声)／说明白话(相声)／神仙辞职(相声)／小相声一则(相声)／鸿兴饭馆红旗飘(相声)／乱形容(相声)／八九十枝花(相声)／读书(小相声)／柿子丰收(相声)／作诗(相声)‖附录：胡絜青：老舍和曲艺387-396／舒济整理：老舍曲艺作品目录397-399

1983年

33.『老舍幽默文集』
　　1983年1月　　湖南人民出版社(长沙)
　　114×184　　280页　　26900册　　0.86元(简易精装)
　　插图：方成
→1983年12月第2次印刷　　22200册　　0.79元
　◆图版1页／目录3页／吴组缃：《老舍幽默诗文集》序13页‖祭子路岳母文／一天／昼寝的风潮／当幽默变成油抹／不远千里而来／吃莲花的／买彩票／有声电影／科学救命／特大的新年／讨论／新年的二重性格／自传难写／一九三四年计划／记懒人／狗之晨／新年醉话／写信／辞工／到了济南／大发议论／旅行／夏之一周间／观画记／更大一些的想像／药集／小病／习惯／考而不死是为神／《牛天赐传》广告／避暑／暑中杂谈二则／婆婆话／取钱／写字／读书／谈教育／有钱最好／西红柿／再谈西红柿／暑避／檀香扇／立秋后／等暑／丁／青岛与我／《天书代存》序／鬼与狐／代语堂先生拟赴美宣传大纲／相片／番表／我的理想家庭／有了小孩以后／搬家／大明湖之春／文艺副产品／理想的文学月刊／画像／四位先生／梦想的

文艺／狗／大智若愚／"住"的梦／兔儿爷／给赵景琛［★深］的一封信

34.『老舍新诗选』曾广灿・吴怀斌编
1983年8月　花山文艺出版社(石家庄)
A5版　214页　15550册　0.82元
书名题字:臧克家
◆图版1页／臧克家:老舍先生的新诗 —— 序《老舍新诗选》9页／目录4页‖第一辑(1931－1936);日本撤兵了／音乐的生活／国葬／微笑／国难中的重阳(千佛山)／红叶／恋歌／慈母／教授／长期抵抗／空城计／谜／青年／打刀曲／致富神咒／痰迷新格／鬼曲／礼物　第二辑(1937－1945);雪中行军／为小朋友们作歌／流离／新青年／保民杀寇／保我河山／抗战民歌二首／丈夫去当兵／爱护难民歌／怒／壁报诗／童谣二则／她记得／打(游击队歌)／歌声／为和平而战／蒙古青年进行曲／元旦铭／咱们一条心　第三辑(1950－1963);贺新年／祝贺儿童节／我佩服武松／祝贺北京解放十年／新春之歌／札兰屯的夏天／歌唱伟大的党／青年突击队员／山高挡不住太阳　第四辑(《剑北篇》节选);小引／七七在留侯祠／宝鸡车站／豫西／洛阳(下)／老河口 —— 清涧家／榆林 —— 西安／华山／序　老舍论诗;怎样学诗／论新诗／鼓词与新诗／诗与快板／谈诗／比喻／诗与创造‖曾广灿・吴怀斌:老舍小传203－208／编选者的话209-214
※［编选者的话］:那么,老舍先生一生究竟写了多少诗篇?现在还难作出确切回答。他生前,一九三四年出过一本《老舍幽默诗文集》,其中收入讽刺诗十首;一九四二年出版过长诗《剑北篇》;再就是一九八〇年,胡絜青先生编选的旧体诗集《老舍诗选》。／现在,我们高兴地看到胡先生编选的旧体诗集《老舍诗选》〔☆未见〕,已于一九八〇年由香港九龙狮子会出版了,这是一件值得庆贺的事。而新诗呢?却至今仍未结集! —— 为弥补这件捍事,我们决计编选这册《老舍新诗选》。

1984年

35.『出口成章 论文学语言及其他』［文学爱好者丛书］
　　1984年2月　人民文学出版社（北京）
　　B6版　143页　100000册　0.44元
　　封面设计：柳成荫
　　◆老舍：序2页／目录2页‖人、物、语言／语言、人物、戏剧／人物、语言及其他／语言与生活／话剧的语言／儿童剧的语言／戏剧语言／对话浅论／关于文学的语言问题／学生腔／谈叙述与描写／人物不打折扣／文病／比喻／越短越难／谈简练／别怕动笔／谈读书／看宽一点／多练基本功／勤有功／青年作家应有的修养
　　⇒［Ⅱ－129］

36.『写与读』［作家谈创作丛书］吴怀斌・曾广灿选篇
　　1984年3月　湖南人民出版社（长沙）
　　B6版　250页　33100册　0.71元
　　◆图版1页／老舍介绍1页／出版说明1页／目录3页‖青年与文艺／为人民写作最光荣／热爱今天／文学修养／储蓄思想／充实我们的学识／全面地准备／本固枝荣／与工人作者的通信／跟战士们谈写作／关于阅读文学作品／写与读／选择与鉴别／谈读书／怎样读小说／如何接受文学遗产／古为今用／关于写作的几个问题／怎样练习写稿子／先学习语文／三言两语／怎样写小说／多写小小说／怎样学诗／诗与快板／谈快板／习作新曲艺的一些小经验／怎样写通俗文艺／写通俗一些／喜剧点滴／散文重要／文病／略谈提高／人物不打折扣／谈叙述与描写／文章别怕改／文艺的工具——言语／我怎样学习语言／人与话／文学创作和语言／记者的语言修养／怎样丢掉学生腔／谈用字／怎样运用口语‖吴怀斌・曾广灿：编后话248-250
　　※［编后话］：本书所收的文章,绝大多数都散见在解放前后的报刊上,有的已经很不容易找到了,至于选目,全由舒济同志反复斟酌审定,全部底稿也由她亲自校阅,改正了不少印错排错的字和标点。我们只是做了一点收录工作。

Ⅱ．单行本

37.『老舍散文选』舒济 编
1984年5月　百花文艺出版社（天津）
A5版　258页　23200册　1.20元
◆图版1页／目录3页／**冰心**：序5页‖我的母亲／宗月大师／哭白涤洲／何容何许人也／英国人／怀友／向王礼锡先生遗像致敬／敬悼许地山先生／悼赵玉三司机师／我所认识的沫若先生／吴组缃先生的猪／马宗融先生的时间观念／姚蓬子先生的砚台／何容先生的戒烟／一点点认识／给茅盾兄祝寿／大地的女儿／白石夫子千古／悼念罗常培先生／悼于非闇画师／梅兰芳同志千古／敬悼郝寿臣老先生／记忆犹新／一些印象（节选）／非正式的公园／趵突泉的欣赏／还想着它／春风／青岛与山大／想北平／五月的青岛／大明湖之春／吊济南／轰炸／五四之夜／滇行短记／青蓉略记／"住"的梦／我热爱新北京／北京的春节／新疆半月记／金黛莱／内蒙风光（节选）／南游杂感／春来忆广州／下乡简记／小麻雀／小动物们／小动物们（鸽）续／母鸡／狗／猫／又是一年芳草绿／一个近代最伟大的境界与人格的创造者／鲁迅先生逝世二周年纪念／独白／未成熟的谷粒／诗人／参加郭沫若先生创作二十五年纪念会感言／文艺与木匠／我有一个志愿／文牛／大智若愚／答客问

38.『文学概论讲义』舒舍予
1984年6月　北京出版社（北京）
B6版　177页　57600册　0.58元
◆图版2页／目录1页／**胡絜青**：代序3页‖第一讲　引言／第二讲　中国历代文说（上）／第三讲　中国历代文说（下）／第四讲　文学的特质／第五讲　文学的创造／第六讲　文学的起源／第七讲　文学的风格／第八讲　诗与散文的分别／第九讲　文学的形式／第十讲　文学的倾向（上）／第十一讲　文学的倾向（下）／第十二讲　文学的批评／第十三讲　诗／第十四讲　戏剧／第十五讲　小说
※[出版说明]：《文学概论讲义》是老舍先生一九三〇年至一九三四年齐鲁大学文学院任教时编写的，没有公开发行过，最近**张瑞麟**同志发现，并作了校订和注释。
⇒[Ⅱ-130]

39.『老舍序跋集』[花城文库]
　　1984年10月　　花城出版社(广州)
　　B6版　　154页　　7600(精1400)册　　0.88(精1.50)元
　　◆图版1页:目录4页／胡絜青:序2页‖《猫城记》自序／《赶集》序／《老舍幽默诗文集》序／《樱海集》序／《哈藻集》序／《老牛破车》序／《三四一》自序／《忠烈图》小引／《打小日本》序／《文博士》序／写给《张自忠》的导演者／《大地龙蛇》序／《剑北篇》序／《剑北篇》附录／《火葬》序／《四十同堂》序／《东海巴山集》序／《惶惑》后记／《微神集》序／《猫城记》新序／《离婚》新序／《月牙集》序／《骆驼祥子》序／《过新年》序／《老舍选集》自序／《离婚》新序／《龙须沟》(修正本)序／《骆驼祥子》后记／《无名高地有了名》后记／《老舍短篇小说选》后记／《十五贯》改编说明／《西望长安》作者的话／《福星集》序／《老舍剧作选》自序／《荷珠配》序／《宝船》演出前言／《小花朵集》后记／《神拳》序／《出口成章》序／《老舍选集》俄文译本序／《老舍剧作选》越南文译本序／《骆驼祥子》拉脱维亚文译本序／《齐大月刊》发刊词／《齐大年刊》发刊词／《桑子中画集》序／《关友声画集》序／《芭蕉集》序／《抗日三字经》序／《通俗文艺五讲》序／《泰山石刻》序／《抗战诗歌集》(二辑)序／《国家至上》序／《国家至上》后记／谈中国现代木刻——《中国版画集》序／《北京文艺》发刊词／写在《北京曲艺选》的前面／《郝寿臣脸谱集》序／《马连良演出剧本选集》序／《北京话语汇》序

1985年

40.『龙须沟　茶馆』[文学小丛书]
　　1985年3月　　人民文学出版社(北京)
　　B6版　　163页　　0.84元
　　◆前言2页／目次1页‖龙须沟(三幕六场话剧)／茶馆(三幕话剧)3-93

Ⅱ. 单行本

41.『四世同堂（合订本）』
    1985年10月　百花文艺出版社（天津）
    A5版　　1246页　　16500册　　7.90元
    封面、插图：丁聪　　书名题签：孙奇峰
    ◆图版2页／胡絜青：前言4页‖序2页／第一部惶惑1(3)-446／第二部偷生447(449)-945／第三部饥荒947(949)-1233‖胡絜青・舒乙：破镜重园——记《四世同堂》结尾的丢失和英文缩写本的复译1234-1246
    ※[致读者]：这本小说由三部分组成，即第一部《惶惑》，第二部《偷生》，第三部《饥荒》，共一百段，一百余万字。其中第八十八段至一百段，曾多年失落，后由美国一九五一年出版的《四世同堂》英文节译本中找回，由马小弥同志译为中文，我社曾在一九八三年十二月以单行本《四世同堂补篇》出版。此次再版，也将这部分包括在内，成为一部完整的，共一百段的《四世同堂》，终于实现了作者在"序"中所说的"照计而行"。

42.『骆驼祥子』［中国现代长篇小说丛书］
    1985年10月北京第5次印刷　B6版　　261页
    21000(473001-494000)册　　1.40元
    封面设计、扉页设计：柳成荫
    →1989年9月北京第6次印刷　5800(494001-499800)册　2.70元
    ◆图版2页‖骆驼祥子1-261
    【注】第23章の後半・第24章を含む。

1986年

43.『老舍儿童文学作品选』
    1986年1月（1985年7月第1版）　新蕾出版社（天津）
    A5版　　278页　　2000册　　1.35元
    封面、插图：陆元林
    ◆目录1页／冰心：序2页‖小坡的生日／小木头人(童话)／青蛙骑手(儿童歌剧)／宝船(三幕五场儿童剧)／小麻雀／小白鼠／猫／济南的冬天／祝贺儿童节‖曾广灿：编选者致少年朋友们277-278

44.『老张的哲学　赵子曰』
　　1986年7月　人民文学出版社(北京)
　　A5版　395页　9500册　3.00元
　　◆目录1页‖老张的哲学；高荣生插图／赵子曰；韩羽插图

45.『老舍代表作』[中国现当著名作家文库]
　　1986年8月　黄河文艺出版社(郑州)
　　A5版　488页　7310册　3.50元
　　◆图版2页／凡例1页／《中国现当代著名作家文库》编委会成员／目录2页／曾广灿：前言20页‖小说；小铃儿／马裤先生／柳家大院／黑白李／也是三角／月牙儿／老字号／善人／断魂枪／不说谎的人／我这一辈子／正红旗下　散文；一些印象(节选)／新年醉话／想北平／五月的青岛／北京的春节／猫／内蒙风光(节选)／春来忆广州　剧本；龙须沟／茶馆‖老舍主要作品目录481-488

46.『文牛——老舍生活自述』[回憶與隨想文叢] 胡絜青・舒濟編
　　1986年11月　生活・讀書・新知三聯書店香港分店(香港)
　　114×184　278頁　港幣26元
　　◆圖版7頁／胡絜青：前言2頁／目錄3頁‖小人物自述／我的母親／宗月大師／抬頭見喜／「五四」給了我什麼／小型的復活／自傳難寫／頭一天／我的幾個房東／讀與寫／還想着它／讀書／有了小孩以後／我的暑假／又是一年芳草綠／這一年的筆／一封信／入會誓詞／自述／成績欠佳,收入更欠佳／「四大皆空」／割盲腸記／舊詩與貧血／文牛／八方風雨／紐約書簡／海外書簡／生活,學習,工作／賀年／寶地／養花／謝謝青年朋友們的關切／可喜的寂寞／下鄉簡記／詩二首‖附錄；舒乙：父親最後的兩天254-278

※[前言]：香港三聯書店在一九七九年曾出版過一本《老舍生活與創作自述》〔☆[Ⅱ－14]〕,書中包括老舍的生活經歷與創作經驗兩大部份。這些文章都是經過再三選擇編入的,就這麼着,還超出了五百頁,書挺厚的,可是還有些該編入的文章沒有容進去。今夏三聯書店的朋友們建議把這

本書一分為二。一本專編他的生活經歷，另一本編他的創作經驗，我馬上同意了這個主意。／他曾經在艱苦的抗日戰爭中自稱為「文牛」，又曾經把自己的創作經驗集起名為《老牛破車》。老舍在文學創作的田地裏艱辛地耕耘了四十多年，是一頭老牛，所以我想把這個集子起名為《文牛》。

47.『《老牛破车》新编 —— 老舍创作自述』胡絜青・舒濟編
1986年11月　生活・讀書・新知三聯書店香港分店（香港）
114×184　238頁　港幣20元
◆圖版7頁／胡絜青:前言2頁／目录3頁‖我怎樣寫《老張的哲學》／我怎樣寫《趙子曰》／我怎樣寫《二馬》／我怎樣寫《小坡的生日》／我怎樣寫《大明湖》／我怎樣寫《貓城記》／我怎樣寫《離婚》／我怎樣寫短篇小說／我怎樣寫《牛天賜傳》／AB與C／我的創作經驗／我怎樣寫《駱駝祥子》／記寫《殘霧》／我怎樣寫《劍北篇》／三年寫作自述／我怎樣寫通俗文藝／閑話我的七個話劇／我怎樣寫《火葬》／習作二十年／談《方珍珠》劇本／《龍鬚溝》寫作經過／《龍鬚溝》的人物／《老舍選集》自序／我怎樣寫的《春華秋實》劇本／《無名高地有了名》後記／有關《西望長安》的兩封信／答覆有關《茶館》的幾個問題／我為什麼寫《全家福》／十年筆墨／勤有功／《荷珠配》序言／吐了一口氣／我的「話」／我怎樣學習語言‖附錄；舒乙:父親創作《四世同堂》的回憶232-238
※［前言］:老舍有過一本名叫《老牛破車》的小集子，是專門談他的創作經驗的。一九三七年出版時書中有九篇文章都是以「我怎樣寫」為題，第一篇是《我怎樣寫〈老張的哲學〉》，第九篇是《我怎樣寫〈牛天賜傳〉》。／抗日戰爭中，他曾親自擬了一份再版《老牛破車》的目次，上面新添了《我怎樣寫〈駱駝祥子〉》、《我怎樣寫〈火葬〉》等篇。可惜這本書沒能出版。「破車」被「擱淺」，而「老牛」仍在往前奔。／新中國成立後，老舍以他旺盛的創作慾望創作了一連串新劇本。他還是一如既往，差不多每寫出一個劇本他都要寫一篇文章，不過多數文章不再冠以「我

怎樣寫」的標題。只有《我怎樣寫的〈春華秋實〉》仍基本上延用以往的老格式。在這些文章裏他總結自己的創作，分析作品的成功與失敗，坦率地解剖自己，嚴格地要求自己。因此在重編他一生創作自述地書時，我想書名還是用「老牛破車」好，還符合他的心意。不過，為了與一九三七年版的《老牛破車》有所區別，就叫做《〈老牛破車〉新編》吧。

1987年

48.『月牙儿』［中国现代文学小丛书］
　　1987年1月　人民文学出版社（北京）
　　110×184　143页　10600册　0.79元
　　◆前言2页／目录1页‖月牙儿／阳光／微神／柳家大院／柳屯的／浴奴

49.『正红旗下　小人物自述』
　　1987年5月北京第2版第3次印刷　人民文学出版社（北京）
　　B6版　142页　7050(1180001-125050)册　1.25元
　　正红旗下插图：夏葆元・林旭东　小人物自述插图：夏葆元
　　注释：弥松颐
　　◆目录1页／胡絜青：写在《正红旗下》前面（代序）7页‖
　　正红旗下1-133；插图6页／小人物自述134-157；插图2页‖
　　胡絜青・舒乙：附录：记老舍诞生地134-143

50.『老舍幽默讽刺诗文选』［小图书馆丛书］舒济选编
　　1987年第1版第1次印刷　四川少年儿童出版社（成都）
　　115×185　177页　（全套120本）148.50元
　　插图：党景彦
　　◆舒济：幽默的艺术独特的风格5页／目录2页‖诗；长期抵抗／致富神咒／国难中的重阳（千佛山）／教授　文；一天／当幽默变成油抹／吃莲花的／买彩票／有声电影／科学救命／特大的新年／讨论／新年的二重性格／自传难写／一九三四年计划／狗之晨／新年醉话／写信／辞工／到了济南／大发议论／旅行

／观画记／考而不死是为神／避暑／写字／读书／谈教育／有钱最好／青岛与我／鬼与狐／代语堂先生拟赴美宣传大纲／相片／有了小孩以后／画像／四位先生

1988年

51.『老舍』［中國現代作家選集］**舒濟**編
　　1988年5月　　三聯書店（香港）有限公司
　　A5版　　278頁　　港幣32.00元
　　◆圖版6頁／目次4頁／**王瑤**；序8頁‖作品部分；小說：**上任**／**柳家大院**／**鄰居們**／**老年的浪漫**／**聽來的故事**／**斷魂槍**／**新韓穆烈德**／**兔**／**丁**／**月牙兒**／**小人物自述**；詩歌：**海外新聲**／**鬼曲**／**禮物**／**歌聲**（散文詩）；散文：**想北平**／**我熱愛新北京**／**北京的春節**／**濟南的秋天**／**濟南的冬天**／**春風**／**春來憶廣州**／**宗月大師**／**敬悼許地山先生**／**何容何許人也**／**貓**／**詩人**／**未成熟的穀粒**；幽默文：**旅行**／**吳組緗先生的豬**／**馬宗融先生的時間概念**／**姚蓬子先生的硯台**／**何容先生的戒煙**／**多鼠齋雜談**‖資料部份；**周揚**：懷念老舍同志233-237／**李長之**：論老舍的幽默與諷刺238-243／**趙少侯**：論老舍的幽默與寫實藝術（節選）241-243／**樊駿**：老舍的文學道路244-265／**舒濟**：老舍年譜簡編266-295
　　【注】台湾版あり（『老舍』［三十年代中國作家選集］大台北出版社、
　　　　中華民國79年2月、A5版、295頁、200元）。
　　※［序］：老舍先生的作品不僅數量眾多，而且他的膾炙人口的精品大都是長篇，要在一本篇幅不多的選集中選出可以代表他多方面成就的作品是很困難的。但正如魯迅先生所說，「借一斑略知全豹」；本書編者**舒濟**女士不僅與老舍先生父女情深，真正領受過作者品德的感召，而且參預了《老舍全集》的編纂工作，對作者的全部作品進行過深入地探討和研究；經過她的精心編選，應該說，讀者是可以從這本書得到對老舍先生的人格精神和藝術成就的比較准確的了解的，因此我願意把它推薦給愛好文學的大讀者。

1990年

52.『骆驼祥子』
　　　1990年11月北京第7次印刷　　人民文学出版社（北京）
　　　B6版　　261页　　15000（499801－514800）册　　3.05元
　　　封面设计、插图：**高荣生**
　→1995年12月北京第9次印刷　　30000（526501－556500）册
　　　11.25元
　　　　◆图版2页‖骆驼祥子1-261；插图8页
　　　　【注】第23章の後半・第24章を含む。

1991年

53.『有钱最好』［世界大师幽默小品书架］**夏濱**选编
　　　1991年5月　　敦煌文艺出版社（兰州）
　　　110×185　　256页　　5410册　　3.10元
　　　◆薛永键：庶民的作家7页／目录3页‖致富神咒／恋歌／老舍自
　　　传／写字／读书／写信／画像／相片／檀香扇／《牛天赐传》
　　　广告／习惯／旅行／观画记／自传难写／梦想的文艺／理想的
　　　文学月刊／谈教育／昼寝的风潮／大发议论／新年的二重性格
　　　／新年醉话／一九三四年计划／考而不死是为神／大智若愚／
　　　四位先生／狗／小病／兔儿爷／鬼与狐／我的理想家庭／搬家
　　　／有了小孩以后／文艺副产品／婆婆话／青岛与我／有钱最好
　　　／等暑／避暑／暑避／立秋后／到了济南／更大一些的想像／
　　　大明湖之春／夏之一周间／五九／热包子／爱的小鬼／马裤先
　　　生／毛毛虫／电话／一天／丁／番表／辞工／讨论／有声电影
　　　／买彩票／科学救命／记懒人／狗之晨／取钱／当幽默变成油
　　　抹

1992年

54.『老舍幽默小说』［中国现代名作家名著珍藏本］**舒乙**选编
　　　1992年5月　　上海文艺出版社（上海）

B6版　178页　17000册　4.05元

插图：王申生

→1993年5月第二次印刷

8500(17001－25500)册　5.00元

◆图版2页／出版说明1页／目录2页／舒乙：序8页‖旅行／热包子／爱的小鬼／一天／狗之晨／当幽默变成油沫／同盟／记懒人／不远千里而来／马裤先生／辞工／买彩票／开市大吉／有声电影／柳家大院／抱孙／柳屯的／善人／丁／番表／"火"车

55. 『老舍书信集』［现代作家书简丛书］舒济编

1992年6月　百花文艺出版社（天津）

B6版　285页　6000册　6.70元

◆图版2页／现代作家书简丛书　编辑说明1页／老舍小传1页／目录11页／**巴金：怀念老舍同志（代序）1-8**‖致伦敦大学东方学院15封(1925.7.9－1926.7.19)；附：埃文斯致学校秘书克莱格小姐的信1封／致赵景深6封(1930.4.4－1936)／致陈逸飞4封(1930.5.26－1930.7)／致黎烈文(1932.12.28)／致赵家壁4封(1933.2.6－1948.7.26)／致友人书(1933.9.2)／致梁得所(1934.7.1)／致《小说》主编(1934.7.15)／致林语堂(1939.8.20)／致李同愈(1935.8.17)／致陶亢德6封(1936.8－1940.5.9)／致《论语》(1937.5.16)／致××兄(1938.2.15)／答友人书(1938初)／致女友××(1938.3)／致小朋友们(1938.4)／致台儿庄战士(1938.4.16)／致胡风4封(1938.4.16－1950.9.15)／致沪友(1938.6.14)／致《文艺阵地》编辑2封(1939.2.16,6.16)／致郁达夫3封(1939.5.24,40.1.20,5.15)／致梅隐(1939.7.23)／致重庆友人(1939.10.9)／一封公开(1940.1.23)／致周扬2封(1939.9.16,10.9)；附：周扬回信1封／致××(1940.3.7)／致姚蓬子2封(1940.6.12,1942.7.15)／致南泉文协诸友(1940.9.9)／致榆林的文艺工作者朋友们(1940.12.20)／致陈着锋(1941.4)／致××(1941.9.21)／致彭桂蕊(1942)／致友人(1942.3.4)／家书(1942.3.10)／致××兄——乡居杂记(1942.6.29)／致梁实秋(1942暑天)／致徐霞村2封(1943.4.14,4.26)／致戈宝权2封(1943,1943.6.5)／致陈白

尘(1943.11.25)／致苏联作家协会(1944.8.1)／致李何林(1944.9.6)／致刘以鬯(1945)／致常君实(1945)／致王冶秋5封(1944－1945.9.26)／致友人(1945.12.23)／致吴祖光(1946.6.5)／海外书简(1947.11.2)／致休伊特·赫茨(1948)／致大卫·劳埃得44封(1948.4.6－1952.10.1)；附：赛珍珠致劳埃得1封／致罗伯特·兰得(1950.8.26)／作家书简(1949.2.9)／三涵"良友"(1948.1)／致高克毅3封(1948.2.4,3.4,11.30)／致张永年(50年代初)／致《长江日报》编辑(1951.3.5)／致史超明(1952.4.26)／致巴金2封／致美国朋友信(1952.9)／致刘金涛(1953)／致胡乔木(1953.1.6)／致马德清(1953.4)／致欧阳山尊4封(1953.4.2－中旬)／致马连良(1953.6)／致邵力子(1953.9.25)／致刘竞(1955.2.8)／致楼适夷(1955.9.26)／致朱光潜(1955.9.26,10.10)；附：朱光潜致老舍1封／致吴雪(1956)／有关《西望长安》的两封信(1956.2.5,3.6)／致臧克家(1957.5)／致秦兆阳(1957.6.11)／致瑞典使馆人员(1956－1957年间)／致何寿生(1958.5.15)／致李家馨(1958.3.21,2.10)；附：李家馨致老舍／致《新港》编辑部(1958.7.3)／致铃木择郎(1958.9.22)／致人民文学出版社编辑部(1959.4.21)／致答友书——谈简练(1959.11)／致杨居辰(1959.11.7)／致宋遂良(1961.2.26)／致高利克(1962.4.23)／致吴海法(1962.5.29)／致章士钊(1964.5.4)／致郭沫若2封(1964.5.4,10.25)；附：郭沫若至老舍／致施耐德(1965.2.24)／致华小冬(1966.3.1)‖**舒济**：编后记282-285

※[编后记]：老舍先生在家中的书稿，他在去世后全被抄走，图书馆中他的著作目录卡也被抽掉。打倒"四人帮"后，人民文学出版社决定编辑出版多卷本《老舍文集》。文稿的搜集，整理，编辑工作就只能从零开始。／……从一开始我就盼望能找到他的书信，但得到的回答多半是"没有了！""毁掉了！"，在遗憾失望的同时，我却了解到，老舍先生自打他十九岁当小学校长后，就常跟他的同窗学友与知心朋友写信，……。仅他写给小学同学，后来成为著名语言学家**罗常培**先生的信就有五百多封。罗先生生前将这些信编号装订成册，几十年保存完好。赵水澄先生是老舍先生二十年代

初在南开中学校教书时的同事,之后成为好友,老舍先生写
给他的信也五百多封之多。上述这千余封信,在"文革"中
全被销毁。著名出版家、翻译家赵家璧先生曾保存了二百
多封,这些信是老舍先生在四十年代末自美国写给他的。
信的内容主要是对上海晨光出版公司出版《老舍全集》的
意见。不幸,"文革"中全被抄走,至今下落不明。老舍
先生的情书、后来的家书,少说也有几百封,由于战争与
动乱,只字未存。仅上述这四者加起来,两千封信,不存在
矣!何况这些信绝非三言两语的短信,而是相当数量的信跟
他的人一样,过早的非正常消失了。／十年中,竭力搜集,
才攒了一百封。在中国现代文学馆、百花文艺出版社的劝
导下,决定编辑这本理应成为"劫后残存书信"的小集子。
／……／又记:百封信的书稿编好后,我未及时发出。
原因:一,想再等些日子,万一能找到几封呢。二,我想等巴金
伯伯的精神好些,为这本书写几句话,作为序。三,等着这类
书的行情上涨,使出版社少赔点。从1987年11月一直放到
1988年底,这一年中真的出现了奇迹。美国友人**罗斯·盖罗
特**(*June Rose Garrott*)女士热心在美国各处搜寻老舍先生
在美国的文稿,终于在纽约哥伦比亚大学巴特勒图书馆(即
该校图书馆善本及手稿图书分馆),通过助理馆员**克里斯特**
(*Bernard R. Crystal*)先生的帮助,找到了该馆保存的老舍
先生四十多封英文信原件。克里斯特先生提供了全部原信
的复印件,由盖罗特女士无偿地寄送给了家属。当我见到了
这一批在地球那半边保存完好的信件时,真使我喜出望外。
一下子为这本薄薄的小书增添了近三分之一的内容。这些信
提供了老舍先生于1948年至1949年间在美国居住时不大为人
知的写作、翻译、出版与生活情况,填补了这段经历中的一
些空白。

56.『**老舍幽默小品精粹**』王晓琴编
　　1992年9月　作家出版社(北京)
　　110×184　257页　12000册　4.30元
　　◆图版1页／目录4页／王晓琴:笑:生命的交响(序)‖**谈幽默**／

《老舍幽默诗文集》序／讨论／昼寝的风潮／真正的学校日刊／天下太平／买彩票／写信／考而不死是为神／画像／写字／谈教育／话剧观众须二十则／最可怕的人／到了济南／新年醉话／大发议论／小病／取钱／檀香扇／闲话／婆婆话／相片／英国人与猫狗／傻子／最难写的文章／夏之一周间／科学救命／一九三四年计划／新年的二重性格／避暑／有钱最好／忙／钢笔与粉笔／病／在乡下／戒酒／戒烟／戒茶／猫的早餐／衣／行／狗／帽／昨天／入城／《猫城记》自序／一天／自传难写／观画记／习惯／读书／又是一年芳草绿／青岛与我／我的理想家庭／理想的文学月刊／自拟小传／梦想的文艺／"住"的梦／今年的希望／给黎烈文先生的信／当幽默变成油抹／吃莲花的／落花生／鬼与狐／代语堂先生拟赴美宣传大纲／有了小孩以后／文艺副产品—孩子们的事情／母鸡／吴组缃先生的猪／马宗融先生的时间概念／姚蓬子先生的砚台／何容先生的戒烟／猫

57.『老舍幽默诗文集』舒济编
　　1992年10月　海南出版社(海口)
　　B6版　565页　10000册　8.90元
　　插图：方成、丁聪、韩羽　　封面题签：胡絜青
　　【注】精装本(11.9元)は未见。
　◆目录7页／图版2页‖序／什么是幽默？　诗；国庆与重阳的追记／救国难歌／恋歌／教授／勉舍弟舍妹／长期抵抗／空城记／致富神咒／病中／希望／贺《论语》周岁／痰迷新格／特大的新年／题关良凤姐图诗／张伯苓先生七十大庆／《茶馆》人物速写题词　文；旅行／致陈逸飞的信／到了济南／讨论／更大一些的想像／药集／夏之一周间／耍猴／祭子路岳母文／新年的梦想／给黎烈文的信／一天／估衣／昼寝的风潮／狗之晨／当幽默变成油抹／记懒人／真正的学校日刊／天下太平／路与车／慰劳／不远千里而来／《猫城记》自序／吃莲花的／辞工／买彩票／开市大吉／写信／有声电影／打倒近视／科学救命／给赵景深的信／一九三四年计划／新年的二重性格／新年醉话／自传难写／观画记／大发议论／考而不死是为神／小病／神的游戏／《牛天赐传》广告／避暑／习惯／暑中杂谈二则

58

／《赶集》序／取钱／画像／写字／读书／我的创作经验／老舍创作／落花生／有钱最好／又是一年芳草绿／谈教育／忙／西红柿／歇夏／再谈西红柿／暑避／檀香扇／青岛与我／立秋后／等暑／丁／钢笔与粉笔／新年试笔／《天书代存》序／我的暑假／鬼与狐／代语堂先生拟赴美宣传大纲／英国人／相片／婆婆话／闲话／番表／我的理想家庭／有了小孩以后／搬家／牛老爷的痰盂／大明湖之春／文艺副产品／理想的文艺月刊／英国人与猫狗／《西风》周岁纪念／小型的复活／兔儿爷／短景／病／话剧观众须知二十则／在乡下／母鸡／四位先生／答客问／文艺与木匠／割盲肠记／多鼠斋杂谈／文牛／梦想的文艺／今年的希望／入城／大智若愚／"住"的梦／在火车上／闲谈／电话／猫／我怎样投稿／乍看舞剑忙提笔‖

舒济：编后 562-565

※〔编后〕：1934年4月上海时代图书公司出版的《老舍幽默诗文集》是最早的一部幽默小品集，书中共收入35篇诗文。在这本书的"序"中，老舍先生感谢陶亢德与林语堂两位先生的帮忙印成此书。此后他只两次提到过这本书。一次是出版后的第二年，1935年1月在《论语》上，他把自己出版过的作品，写在一份表格上当作广告。在这本"幽默诗文集"一栏中写着："不是本小说，什么也不是。集价七角。"另一次是四十年代朋友们为他举行二十周年的活动，他回顾自己的作品时说："除了已经绝版的一本幽默诗文集，我没有汇印我的杂文。我的杂文，而且永远不拟汇印，我喜欢多多练习，而不愿敝帚千金的把凡是自己写的都硬看成佳作。"这就是他对这类作品的态度，因此许多散文、杂文其中有不少幽默小品，几十年来一直呆在它们当初发表时的各地报刊上。／进入二十世纪八十年代，香港三联书店首先愿意再版这本三十年代的"幽默诗文集"。我在出版的基础上增删为40篇，并约请著名画家**方成**大师作插图，1982年出版了中文繁体文本〔☆[Ⅱ-27]〕。一本薄薄的10万字的小书，到1988年再版了6次，足见得到了海外读者的欢迎。／稍后我又为湖南人民出版社编辑了一本14万字的只有文而无诗的"幽默文集"〔☆[Ⅱ-33]〕，特请**吴组湘**先生作序。1983

年出版后销售一空，又再版了一次。前不久这家出版社被撤销，市面上也早已见不到此书。1990年正当我编完了十六卷本的《老舍文集》，考虑编《老舍全集》时，在整理书稿中，发现手头已搜集到的幽默诗文，已远远超过了已出的版本。这是海南三环出版社来找我，希望尽快出版一本较多的"幽默诗文集"。这样促我。编辑了这本有23万字的《老舍幽默诗文集》。它包括自二十年代末至六十年代初的126篇诗文，其中有十几篇是费了大劲才搜集到的，因此我把这本书视为老舍先生的幽默诗文"全集"。……／老舍先生喜爱国画，也喜漫画，与画家广交朋友。今搜集到他在四十年代初为**关良**大师画的《凤姐图》所题的一首打油诗，甚幽默。五十年代末**叶浅予**先生在人民艺术剧院的后台，当场为《茶馆》中的各主要人物写生。老舍先生看了非常喜爱，为每幅人物都作了一首小诗。这些画与诗，今天也有了机会让它们入集。**方成**大师已为此书的港版作了20多幅插图。虽他事先声言，为书作插图还是头一遭，可书一出版，他的插图大受赞扬。这回本着图文并茂，相映发笑的宗旨，索性再请**方成**、**丁聪**、**韩羽**三位大师为此书多作些插图。而今在一本幽默小品集中，有五位当今中国最著名的漫画大师的八十二幅杰作作插图，实属难能可贵！

58. 『老舍散文选集』［百花散文书系］舒济编
    1992年11月　　百花文艺出版社（天津）
    A5版　　303页　　20000册　　6.60元

    ◆编辑例言1页／目录3页／**孙钧政**：序言13页 ‖ 到了济南／一些印象（节选）／非正式的公园／趵突泉的欣赏／一天／买彩票／有声电影／新年醉话／自传难写／抬头见喜／大发议论／观画记／考而不死是为神／小病／习惯／记涤州／取钱／写字／落花生／春风／歇夏（也可以叫做"放青"）／青岛与我／何容何许人也／青岛与山大／想北平／相片／番表／东方学院／大明湖之春／五月的青岛／有了小孩以后／文艺副产品／无题（因为没有故事）／吊济南／小型的复活／记"文协"成立大会／轰炸／宗月大师／去年今日／敬悼许地山先生／悼赵玉三司

机师／在乡下／我所认识的沫若先生／四位先生／青蓉略记／我的母亲／假若我有那么一箱子画／一点点认识／段绳武先生逝世四周年／多鼠斋杂谈／"住"的梦／给茅盾兄祝寿／傅抱石先生的画／我热爱新北京／北京的春节／大地的女儿／北京／养花／白石夫子千古／祭王统照先生／贺年／悼念罗常培先生／悼于非闇画师／猫／梅兰芳同志千古／内蒙风光(节选)／**敬悼郝寿臣老先生／敬悼我们的导师／记忆犹新／春来忆广州**

※［内容提要］：本书选辑了老舍于1930年至1963年创作的各类文体和题材的散文作品70篇，其中有数篇是首次入集。老舍散文以真为魂，达到了事真、情意、义真的崇高境界，形成了淡中有深味的独特文采。／序言颇有见地的论述了老舍散文的风格和特点。

⇒［Ⅱ－131］

1993年

59.『老舍英文書信集』［名家系列⑮］

老舍著（英）・**舒悦**譯注（中）
1993年3月　勤＋緣出版社（香港）
105×170　429頁　港幣35元　オビ

◆**舒乙**：代序3頁／圖版3頁／目錄3頁‖老舍致美國友人書束47封‖附錄；**賽珍珠**：賽珍珠為介紹老舍致勞埃得的信件（1948.3.29）134-137／**瓊・羅斯・蓋羅特**：老舍英文信件發現經過138-139／**舒悦**：新發現的老舍英文書信的史料價值140-144‖*The Spear That Demolishes Five Tigers at Once* 五虎斷魂槍／關與《離婚》 *About "Divorce" with Notes on This Novel*

【注】英中對訳本。

※［代序］：老舍先生英文很好，他一生用英文也寫了一些作品。還留下了一批英文信。關與這些，我曾寫過六、七篇文章，係統地介紹過。／「香港勤＋緣出版社」知道了這組文章，問我可不可以把文中所談的從未出版的過的老舍英文著作集成一冊專著，由他們出版，一部分用中英對照，另一部分用中文翻譯。／當然是好主意，我欣然同意。建議收他三部分文字：第一部

分是他寫給美國友人的四十七封英文信,是前幾年剛剛發現的,對了解他四十年代末在美國的創作生活和五十年代初在北京的創作生活都是一份珍貴的史料;第二部分是一部英文話劇劇本,是根據他自己早年的小說《斷魂槍》改編的;第三部分是他向美國出版社介紹他自己的長篇小說《離婚》的一份文字材料,包括《離婚》的故事梗概。劇本和這份介紹也都是前幾年才在美國發現的。所有這些英文文字以前都未發表過,合在一起,以翻譯成的中文字估計,大體有八、九萬字,正好是一部小書。／對這批資料的發現,首先要感謝**瓊・羅斯・蓋羅特**(**高美華**)教授,她是譯者**舒悅**的老師,她主動承擔了向美國各大圖書館發函詢問的任務,最後經過一位老朋友的幫助,終於在哥倫比亞大學圖書館善本及手稿圖書分館裏找到了這麼多寶貝。**蓋羅特**教授溫文爾雅,長得像她的名字一樣漂亮,大家都習慣稱她為「月季」教授。這位月季教授立了大功。在去年舉行的北京國際老舍學術討論會上,人人見到她都向她伸大拇哥,感謝得不得了。

1994年

60. 『**老舍散文精編**』**舒济**编选
    1994年1月　人民文学出版社(北京)
    A5版　310页　5200册　6.15元
    →1998年3月　北京第2次印刷
    15000(5201-20200)册　12.60元

    ◆人民文学出版社编辑部:出版说明1页／目录4页‖述怀篇;抬头见喜／又是一年芳草绿／这几个月的生活／无题(因为没有故事)／南来以前／小型的复活(自传之一章)／快活得要飞了／入会誓词／一封信／生日／五四之夜／独白／又一封信／诗人／自述／答客问／述志／自谴／文牛／大智若愚／三涵"良友"／"五四"给了我什么　怀人篇;何容何许人也／宗月大师／向王礼锡先生遗像致敬／敬悼许地山先生／我所认识的沫若先生／我的母亲／大地的女儿／白石夫子千古／悼念罗常培先生／悼于非闇画师／梅兰芳同志千古　景观篇;一些印

Ⅱ．单行本

象(节选)／非正式的公园／趵突泉的欣赏／春风／青岛与山大／想北平／大明湖之春／吊济南／可爱的成都／青蓉略记／我热爱新北京／内蒙风光(节选)／春来忆广州　世态篇；药集／小麻雀／落花生／小动物们／小动物们(续)／鬼与狐／闲话／英国人／东方学院／英国人与猫狗／兔儿爷／多鼠斋杂谈／北京的春节／养花／猫　幽默篇；到了济南／自传难写／新年醉话／观画记／大发议论／考而不死是为神／小病／神的游戏／避暑／写字／读书／忙／歇夏(也可以叫做"放青")／代语堂先生拟赴美宣传大纲／相片／婆婆话／我的理想家庭／有了小孩以后／搬家／四位先生／在火车上

※[出版说明]:本书精选老舍所作散文82篇，按内容或风格大致分为五类编排:述怀篇，收入作者自述作品、经历及人生态度的作品；怀人篇，收入叙亲友、忆念情谊之作；景观篇，收入描写自然景观，以景寄情的篇什；世态篇，收入描写世态，展现中外风情习俗及人生情趣的作品；幽默篇，收入幽默风格的作品，这是作者生前惟一结集出版过的一类散文。

61.『蛤藻集』[开明文库(第二辑)]
　　1994年8月　开明出版社(北京)
　　B6版　148页　10000册　4.25元
　　◆目录1页‖序／老字号／断魂枪／听来的故事／新时代的旧悲剧／且说屋里／新韩穆烈德／哀启

62.『茶馆　龙须沟』[中国现代名剧丛书]
　　1994年9月　人民文学出版社(北京)
　　A5版　150页　30000册　4.45元
　　→2001年7月北京第5次印刷
　　5000(80001-85000)册　7.50元
　　◆目录1页‖茶馆／龙须沟‖附录:答复有关《茶馆》的几个问题143-145／《龙须沟》的人物146-150页

63.『骆驼祥子　离婚』[世界文学名著文库·珍藏本]

1994年11月　人民文学出版社（北京）

A5版　434页　30000册　17.85元　カバー

◆《世界文学名著文库》1页／作者介绍1页／人民文学出版社编辑部：前言3页／目次1页

‖骆驼祥子1(3)-222／离婚223(225)-434

1995年

64.『中国现代小说精品・老舍卷』

　　*1995年3月　陕西人民出版社（西安）

　→1996年3月第3次印刷

　　A5版　492页　20000(20001－40000)册　17.30元

　　◆目录2页／周鹏飞：序言18页‖热包子／爱的小鬼／同盟／马裤先生／微神／开市大吉／柳家大院／抱孙／黑白李／也是三角／牺牲／柳屯的／上任／末一块钱／月牙儿／老字号／善人／断魂枪／不说谎的人／兔／我这一辈子／浴奴／不成问题的问题／恋／一筒炮台烟／正红旗下

65.『月牙集』[中国现代小说名家名作原版库]

　　1995年　中国文联出版公司（北京）

　　B6版　216页

　　【注1】「竖排本；据晨光出版社1949年版排印」。

　　【注2】「[中国现代小说名家名作原版库]全30种、230.00元」。

　　◆王彬：序3页／书目2页／老舍2页‖月牙集序1页／目次1页／月牙儿／新时代的旧悲剧／我这一辈子／且说屋里／不成问题的问题

1996年

66.『抬头见喜』[我的世界丛书]靳飞・雪卿编

　　1996年3月　中国青年出版社（北京）

　　A5版　267页　15000册　12.70元

　　◆龙冬：编者的话2页／目录3页／舒济：序2页／靳飞：序・老舍影

64

6页‖我的母亲／宗月大师／抬头见喜／无题（因为没有故事）／小型的复活（自传之一章）／东方学院／我怎样写《老张的哲学》／我怎样写《赵子曰》／我怎样写《二马》／写与读／还想着它／我怎样写《小坡的生日》／一些印象（节选）／致黎烈文／我怎样写《离婚》／我怎样写《牛天赐传》／又是一年芳草绿／歇夏（也可以叫作"放青"）／致李同愈／我怎样写《骆驼祥子》／想北平／婆婆话／有了小孩以后／一封信／快活得要飞了／生日／五四之夜／又一封信／八方风雨／自述／割盲肠记／"四大皆空"／假若我有那么一箱子画／我有一个志愿／多鼠斋杂谈／文牛／《龙须沟》写作经过／我热爱新北京／养花／答复有关《茶馆》的几个问题／十年笔墨

‖附录；舒乙：父亲最后的两天249-267

※［舒济「序」］：八十年代初我编了《老舍生活与创作自述》〔☆［Ⅱ－29］〕与《老舍创作〔★写作〕生涯》〔☆［Ⅱ－22］〕两本书，书中的文章均选自老舍先生生前在不同年代、不同地点所写的有关自己生活与写作的散文，总算弥补了没有"自传"的空缺。这两本书出版后，挺受欢迎。十多年过去了，这两本书早已在市面上绝迹。今靳飞夫妇应中国青年出版社之约，编辑了"我的世界丛书"之一的老舍"自传"，起名《抬头见喜》，正好满足当前读者的需求。

67. 『老舍人生幽默』［经典文丛・名家人生咏叹（第1辑）］于润奇编选
　＊1996年4月　中国国际广播出版社（北京）
　→1996年7月第2次印刷
　B6版　125页　5000(5001－10000)册　11.00元
　◆图版3页／萧乾：序《名家人生咏叹》丛书2页／舒乙：序二2页／目录5页‖【幽默篇】《牛天赐传》的广告／谈幽默／"幽默"的危险　【无奈篇】夏之一周间／昼寝的风潮／科学救命／自传难写／避暑／取钱／有钱最好／暑避／搬家　【愤世篇】考而不死是为神／写字／鬼与狐／何容先生的戒烟／马宗融先生的时间观念／狗／读书／记懒人　【自省篇】又是一年芳草绿／我怎样写《老张的哲学》／独白　【感悟篇】小病／写信／新年醉话／婆婆话／小型的复活／文艺与木匠／文牛／大智若愚　【知足

篇】我的理想家庭／在乡下／旧诗与贫血／有了小孩以后‖附录；老舍小传121-123／后记124-125

68.『老张的哲学 赵子曰』[世界著名文学宝库]
1996年10月　人民文学出版社（北京）
A5版　377页　30000册　17.85元
◆目录1页‖老张的哲学／赵子曰
【注】長江文芸出版社『老舍小説全集』（第1巻）のリプリント。
なお、表紙裏には［世界文学名著文库・珍藏本］とある。

1997年

69.『八太爷』[京味文学丛书]
1997年8月　北京燕山出版社（北京）
A5版　353页　8000册　16.80元
◆编委会（名单）1页／出版说明1页／目录2页‖小说；小人物自述／正红旗下／我这一辈子／大悲寺外／马裤先生／老字号／断魂枪／兔／八太爷／小铃儿／抓药／战士中的节日——《四世同堂》摘选　散文；我的母亲／宗月大师／小型的复活——自传之一章／"五四"给了我什么／养花／猫／想北平／我热爱新北京／北京的春节／下乡简记

70.『老舍小说精品－幽默讽刺大师』[中国现代名家小说丛书]
文木、郁华编
1997年9月　中国文联出版公司（北京）
A5版　513页　23.80元
◆编辑说明1页／目录1页‖老张的哲学／骆驼祥子／我这一辈子／黑白李／断魂枪／柳屯的／微神／柳家大院／月牙儿

71.『骆驼祥子』
1997年10月北京第10次印刷　B6版　224页
10000(556501－566500)册　9.20元
封面设计、插图：高荣生

66

Ⅱ．単行本

　→1999年2月北京第1次印刷　A5版　224页　20000册　12.00元
　2000年11月北京第3次印刷　10000（30001－40000）册
　　◆图版2页‖**骆驼祥子**1-224；插图8页

72.『**老舍生活与创作自述**』［名家自述丛书］
　1997年12月　人民文学出版社（北京）
　A5版　437页　10000册　18.50元
　　◆图版2页；作者像・《诗二首》手迹／胡絜青：前言1页／目录3页‖
　【注】［Ⅱ－29］の新装版。

1998

73.『**四世同堂**』（上）（下）
　1998年1月北京第1版辽宁第1次印刷　人民文学出版社（北京）
　A5版　（上）600页（下）557(601－1157)页　10000册　49.00元
　插图：**高荣生**
　→1999年6月辽宁第2次印刷
　　5000(10001-15000)册
　→2002年3月北京第6次印刷　新装本
　　5000(28001-33000)册
　→2007年7月北京第12次印刷
　　5000(58001-63000)册
　　◆（上）；目录1页／老舍：序1页‖惶惑／偷生(1－46)
　　◆（下）；偷生(46－67)／饥荒

74.『**二马　旅行**』
　1998年3月　南海出版公司（海口）
　A5版　292页　16.80元
　　◆目录1页‖二马／旅行／头一天／英国人／我的几个房东／东方学院／英国人与猫狗／我怎样写《二马》

75.『**骆驼祥子**』［现代名家名作欣赏］

67

1998年4月　台海出版社（北京）

A5版　348页　10000册　15.80元

◆前言2页／目录1页‖骆驼祥子／马裤先生／微神／柳家大院／黑白李／牺牲／柳屯的／月牙儿／老字号／善人／且说屋里

76.『老舍短篇小说集』[中国短篇小说精华]关纪新编

1998年4月　湖南文艺出版社（长沙）

A5版　392页　6500册　15.60元

插图：杨福音

◆目录7页／关纪新：前言8页‖马裤先生／大悲寺外／微神／柳家大院／抱孙／黑白李／铁牛和病鸭／也是三角／牺牲／柳屯的／上任／沈二哥加了薪水／月牙儿／老字号／善人／邻居们／丁／断魂枪／新爱弥耳／哀启／兔／浴奴／不成问题的问题／恋／八太爷‖附录：未选短篇小说存目389-392

77.『骆驼祥子』

1998年5月　人民文学出版社・江苏广陵古籍刻印社

线装本全三册（162丁）　500册　240元　帙入り　竖排本

78.『二马』

1998年6月　人民文学出版社（北京）

A5版　248页　20000册　14.00元

插图：丁聪

◆二马

79.『离婚　阳光』

1998年9月　南海出版公司（海口）

A5版　332页　10000册　18.50元

◆目录1页‖离婚／铁牛和病鸭／老年的浪漫／毛毛虫／阳光／不成问题的问题／婆婆话／我怎样写《离婚》

80.『老舍读本』王海波编

1998年10月　中国人事出版社（北京）

A5版　430页　18.00元

◆编选说明1页／目录2页 ‖ 小说；骆驼祥子／微神／抱孙／柳家大院／牺牲／上任／月牙儿／断魂枪／新韩穆烈德／兔　散文；考而不死是为神／想北平／英国人／宗月大师／我的母亲／"五四"给了我什么　戏剧；茶馆 ‖ 老舍小传424－430

81.『骆驼祥子　黑白李』
　　1998年12月　南海出版公司(海口)
　　A5版　305页　18.00元
　　◆目录1页 ‖ 骆驼祥子／柳家大院／黑白李／眼镜／哀启／也是三角／五九／我怎样写《骆驼祥子》

1999年

82.『老舍散文经典』乐齐、郁华编选
　　1999年1月　中国广播电视出版社(北京)
　　A5版　835页　5000册　40.00元
　　◆图版5页／**舒济**:序3页／目录9页 ‖《**老舍幽默文集**》56篇／《**老牛破车**》14篇／《**福星集**》21篇／《**小花朵集**》11篇／《**出口成章**》8篇／《**老舍生活与创作自述**》34篇／ 集外文萃 ;小麻雀／落花生／小动物们／小动物们(鸽)续／闲话／美国人／美国人与猫狗／多鼠斋杂谈／北京的春节／猫／在火车上／给黎烈文先生的信／神的游戏／忙／歇夏(也可以叫做"放青")／无题(因为没有故事)／南来以前／快活得要飞了／入会誓词／生日／五四之夜／独白／又一封信／诗人／答客问／述志／自遣／文牛／三函"良友"／一些印象(节选)／非正式的公园／趵突泉的欣赏／春风／青岛与山大／想北平／吊济南／可爱的成都／青蓉略记／我热爱新北京／春来忆广州／何容何许人也／宗月大师／向王礼锡先生遗像致敬／敬悼许地山先生／我所认识的沫若先生／大地的女儿／悼于非闇画师／梅兰芳同志千古

※[序]：四十年代，老舍先生在重庆时，计划由**赵家璧**先生在晨光出版公司出版一本书名叫《韵文与散文》的集子。可

69

惜这本书未出版。由这本书名,可以知道老舍先生除了小说、戏剧外,其余的作品只用有韵与无韵来分类辑集。有韵的作品如新、旧体诗、鼓曲等,无韵的作品包括散文、杂文、创作经验、论文、日记等。而且,有些散文、杂文、创作经验与论文的分别,也很难划分清楚。在他生前所编的《福星集》与《小花朵集》中,就是既有散文、创作经验,又有论文。／近年,国内各出版社争先恐后的编辑出版了各种各样的散文集,相当多的散文集都收入了老舍先生的散文,如《我的母亲》、《养花》、《猫》、《春来忆广州》、《济南的冬天》以及一些幽默小文《四位先生》、《自传难写》等。／近十几年来陆陆续续出版了《老舍散文选》、《老舍幽默文集》、《老舍散文精编》、《老舍生活与创作自述》、《老舍书信集》等散文集。出版后很快销售一空,并不像老舍先生所担心的那样"出丑"〔☆《答客问》〕！／中国广播电视出版社拟出版一本篇幅较多的老舍散文集,来纪念老舍先生诞辰百周年。因我现在正在紧张的编辑《老舍全集》,只好请我的同事**乐齐**先生来编辑这本书了。

83. 『*老舍讲演集*』舒济 编
1999年1月　生活・读书・新知三联書店(北京)
B6版　211页　7000册　16.00元
◆唐代的爱情小说／诗与散文／中国民族的力量／我的创作经验／文艺中的典型人物／灵的文学与佛教／略谈人物描写／谈诗／妇女与文艺／读与写／关于文艺诸问题／怎样写文章／走向真理之路／大众文艺怎样写／老百姓的创作力是惊人的／《红楼梦》并不是梦／关于文学的语言问题／青年作家应有的修养／关于业余曲艺创作的几个问题／文学语言问题／我的几句话／谈叙与描写／戏剧语言／本固枝荣／语言、人物、戏剧／文学创作和语言／与日本友人的一次谈话(附CD一张)‖
舒济:后记2页
※［后记］:这一年中在整理、编辑《老舍全集》中,发现170多次有记载的讲演。本书精选了27篇老舍先生的讲演。有的是经他自己整理、修改后发表的。如《"红楼梦"并不是

梦》、《青年作家应有的修养》等。有的是当场记录稿，未来得及经他审阅就发表的，老舍先生对这类稿子曾说："讲话记录就差一些，可也找不出时间去润色，十分抱歉！"／本书附一盘CD，是老舍先生1966年1月对日本友人的讲话录音。1966年8月，老舍先生辞世。文革后由日本NHK电台将录音转录，赠送家属。

84.『老张的哲学　文博士』
　1999年2月　南海出版公司（海口）
　A5版　305页　10000册　18.00元
　◆图版1页／目录1页‖老张的哲学／文博士／开市大吉／鬼与狐／我怎样写《老张的哲学》

85.『老舍小说精编』舒乙编选
　*1999年3月　漓江出版社（桂林）
　→2000年3月第2次印刷
　A5版　396页　7000（6001－13000）册　22.00元
　→2002年11月第4次印刷　6000（21001-27000）册
　→2005年7月　[插图本]第2版第1次印刷　10000（27001-37000）册
　◆目录1页‖[长篇小说]；骆驼祥子（插图：孙之儁、高荣生、丁聪、顾炳鑫）／[中篇小说]；月牙儿（插图：袁运生、林旭东、李全武、徐勇民）／我这一辈子（插图：袁运生）／[短篇小说]；上任（插图：袁运生）／黑白李（插图：袁运生）／眼镜（插图：袁运生）／微神（插图：袁运生、王书朋）／有声电影（插图：丁聪）／狗之晨（插图：方成、韩羽）‖附录；我怎样写《骆驼祥子》／我怎样写短篇小说

86.『老舍文艺论集』[山东大学文史书系]张桂兴编注
　1999年5月　山东大学出版社（济南）
　A5版　551页　2000册　32.00元　カバー
　◆图版1页／老舍传略（1899.2.3～1966.8.24）2页／目录7页‖第一辑；论创作／论文学的形式／诗与散文／怎样认识文学／谈幽默／景物的描写／闲话创作／人物的描写／事实的运用／言语与风格／"幽默"的危险／大时代与写家／关于大鼓书词

／谈通俗文艺／抗战戏剧的发展与困难／灵的文学与佛教／略谈人物描写／论新诗／怎样学诗／文章下乡,文章入伍／略谈抗战文艺／怎样写小说／形式·内容·文字／文艺的工具——言语／关于文艺诸问题／"现成"与"深入浅出"／鼓词与新诗／北京的"曲剧"／谈"粗暴"和"保守"／谈讽刺／论悲剧／谈诗／多写小小说／越短越难／喜剧点滴／散文重要／喜剧的语言／人物不打折扣／题材与生活／话剧的语言／儿童剧的语言／深入生活,大胆创作 第二辑：我怎样写《老张的哲学》／我怎样写《赵子曰》／我怎样写《二马》／我怎样写《小坡的生日》／我怎样写《大明湖》／我怎样写《猫城记》／我怎样写《离婚》／我怎样写短篇小说／我怎样写《牛天赐传》／《天书代存》序／《剑北篇》序／《剑北篇》附录——致友人函／《国家至上》说明之一／记写《残雾》／写给导演者——声明在案：为剧本《张自忠将军》／三年写作自述／《大地龙蛇》序／我怎样写通俗文艺／成绩欠佳,收入更欠佳／闲话我的七个话剧／我怎样写《火葬》／习作二十年／我怎样写《骆驼祥子》／《偷生》之前／《四世同堂》序／暑中写剧记／谈《方珍珠》剧本／《龙须沟》写作经过／我怎样写《一家代表》／有关《西望长安》的两封信／谈《茶馆》／答复有关《茶馆》的几个问题／我为什么写《全家福》／十年笔墨／勤有功／我的经验／最值得歌颂的事／吐了一口气／赵旺与荷珠／新《王宝钏》 第三辑：一个近代最伟大的境界与人格的创造者——我最喜爱的作家——康拉得／鲁迅先生逝世两周年纪念／《抗战诗歌集》（二辑）序／我所认识的沫若先生／敬悼许地山先生／一点点认识／纪念英国伟大的现实主义作家菲尔丁／简评演技／观戏简记／健康的笑声／敬悼郝寿臣老先生／舞台花甲／读巴金的《电》／读《鸭嘴涝》／《红楼梦》并不是梦／酒家饭馆有文章／天山文采——介绍《新疆兄弟民族小说选》／一些可爱的故事／一点印象／读《套不住的手》／《新生》简评／看了《边城故事》／看戏短评／看了《俄罗斯问题》的彩排／谈《将相和》／谈《南海战歌》／好戏真多／从盖老的《打店》说起／看了一出好戏／多写些小戏／好戏——看日本话剧团演出的《郡上农民起义》／小而精／精彩的小戏／臧克家的《烙印》／《神曲》／谈诗／

Ⅱ．单行本

比喻／读了《娥并与桑洛》／读诗感言／读《逃出巴尔干》／秋日读书短记／出色的报道／读王培珍的日记／谈相声《昨天》／谈《武松》／谈《阴阳五行》／看了一部好片子——《侦察兵》／救救电影／要真钻，也要大胆创造／谈《林则徐》／要言不烦，有戏可做／风格与局限／银幕上的《一百个放心》／《关友声画集》序／《桑子中画集》序／《泰山石刻》序／连环图画／观画偶感／看画／沫若、抱石两先生书画展捧词／漫画／读画小记／邵恒秋先生画展／谈中国现代木刻——《中国版画集》(英文版)序／祝贺／观画／画舫斋观画／迎春画展／看迎春画展／观画短记 ‖ 张桂兴：编后记550-551

※［编后记］：今年2月3日，是老舍先生的百年诞辰，山东大学出版社特地出版《老舍文艺论集》一书予以纪念。这自然是一种最好的纪念方式了！为此，笔者接到编选任务后，在最短的时间里完成了该书的编选工作。但由于老舍论述文艺的文章很多，所作的报告和讲话也很多，且著有《文学概论讲义》及《和工人同志们谈写作》两部专著，不可能将老舍所有论述文艺的文章、报告、讲话及专著都收入到本书中来，因而本书只选取了老舍一些有代表性的短论，这是首先应该加以说明的。另一方面，由于时间仓促，未能一一核对原件；再加上笔者水平所限，选篇、注释及整理肯定会有许多不妥之处。／同时，整理过程中，对个别使用频率较高的文字，如"的"、"地"、"得"、"底"和"作"、"做"等字，以及个别今天看来显系不当的标点符号，作了统一规范。

87．『老舍散文』［世纪文存］傅光明 选编
　＊1999年9月　　浙江文艺出版社（杭州）
　　A5版　330页　16.00元
　→1999年12月　第2次印刷
　　2001年 3月　第5次印刷
　　2001年 7月　第6次印刷
　→2000年10月　第1版　21.00元（精）
　　2001年 4月　第2次印刷
　　　◆傅光明：前言4页／目录4页 ‖ 一些印象(节选)／非正式的公园

／趵突泉的欣赏／抬头见喜／还想着它／又是一年芳草绿／春风／小动物们／小动物们（鸽）续／何容何许人也／青岛与山大／想北平／英国人／我的几个房东／大明湖之春／东方学院／无题（因为没有故事）／五月的青岛／吊济南／一封信／宗月大师／诗人／敬悼许地山先生／滇行短记／我所认识的沫若先生／青蓉略记／我的母亲／北京的春节／悼念罗常培先生／猫／内蒙风光（节选）／到了济南／药集／夏之一周间／一天／当幽默变成油抹／吃莲花的／买彩票／有声电影／科学救命／新年的二重性格／新年醉话／观画记／大发议论／考而不死是为神／小病／神的游戏／避暑／习惯／取钱／画像／写字／读书／落花生／有钱最好／西红柿／檀香扇／青岛与我／钢笔与粉笔／鬼与狐／代语堂先生拟赴美宣传大纲／相片／婆婆话／我的理想家庭／有了小孩以后／搬家／文艺副产品／兔儿爷／四位先生／多鼠斋杂谈／梦想的文艺／"住"的梦／谈幽默／事实的运用／言语与风格／"幽默"的危险／鲁迅先生逝世两周年纪念／未成熟的谷粒／我的"话"／文艺与木匠／怎样读小说／文牛

※[前言]:本书选了老舍散文八十二篇,按内容分为三部分,并根据内容编排:第一部分是抒情写景记人的文章,第二部分是幽默散文,最后一部分收了一些文论。之所以选文论,也是要让读者感受,老舍的文论没有半点学究气的冷面孔。老舍的文论也是纯粹老舍味的,旁人不大学得来。／中国现代文学史上,经得起时间的磨砺,能让人不断去阅读、挖掘、研究的作家实在不多,老舍是一个。／今年是老舍百年诞辰,谨以此书纪念他。

88. 『春风』[二十世纪中国著名作家散文经典]
1999年9月　吉林摄影出版社(长春)
B6版　140页　30000套　6.60元

◆ 编委会／目录2页／**季羡林**:漫谈散文(代序)9页／作者小传2页‖抬头见喜／无题（因为没有故事）／南来以前／又是一年芳草绿／一封信／"五四"之夜／鬼与狐／我的理想家庭／观画记／小型的复活／入会誓词／独白／诗人／自遣／三函良友／

"五四"给了我什么／宗月大师／敬悼许地山先生／我的母亲／白石夫子千古／大地的女儿／自传难写／春风／青岛与山大／想北平／青蓉略记／我热爱新北京／春来忆广州／小麻雀／落花生／小动物们‖附：编辑说明2页、全书总目3页

89.『猫城记　小坡的生日』
　　1999年10月　南海出版公司(海口)
　　A5版　331页　5000册　19.00元
　　◆目录1页‖猫城记／小坡的生日／我怎样写《猫城记》／我怎样写《小坡的生日》

90.『赵子曰　牛天赐传』
　　1999年10月　南海出版公司(海口)
　　A5版　390页　5000册　22.00元
　　◆目录1页‖赵子曰／牛天赐传／我怎样写《赵子曰》／我怎样写《牛天赐传》

2000年

91.『老舍小说』[世纪文存丛书]舒雨选编
　　*2000年1月第1版
　→2001年1月第4次印刷　浙江文艺出版社(杭州)
　　A5版　428页　20.30元
　→2001年4月第1版　25.30元(精)
　　2001年7月第2次印刷
　　◆[长篇小说]；骆驼祥子／正红旗下　[中篇小说]；月牙儿／我这一辈子　[短篇小说]；断魂枪／微神／马裤先生

92.『往事随想・老舍』[往事随想系列]
　　2000年1月　四川人民出版社(成都)
　　A5版　267页　5000册　16.00元
　　◆老舍(小传)2页／目录4页‖第一编　八方风雨；抬头见喜／小麻雀／读书／有钱最好／想北平／英国人／快活得要飞了／

75

一封信／"四大皆空"／割盲肠记／文牛／养花／贺年／宝地／我的母亲／宗月大师／我的几个房东／东方学院／到了济南／婆婆话／我的理想家庭／有了小孩以后／搬家／小型的复活（自传之一章）／著者略厉／记"文协"成立大会／会务报告／这一年的笔／自述／文协七岁／八方风雨；一、前奏 二、开始流亡 三、在武昌 四、略谈三镇 五、写鼓词 六、组织文协 七、抗战文艺 八、入川 九、由川到滇 十、写与游 十一、在北碚 十二、望北平／生活，学习，工作　第二编 追忆友人；记涤州／怀友／敬悼许地山先生／我所认识的沫若先生／给茅盾兄祝寿／傅抱石先生的画／大地的女儿／祭王统照先生／悼念罗常培先生／悼于非闇画师／梅兰芳同志千古／敬悼郝寿臣老先生／记忆犹新　第三编 创作断想；我怎样写《老张的哲学》／我怎样写短篇小说／我的创作经验／我怎样写《骆驼祥子》／闲话我的七个话剧／未成熟的谷粒／十年笔墨

93.『茅盾◇老舍』［中国名作家散文经典作品选］黄清选编
2000年4月　中国言实出版社（北京）
B6版　178页（老舍（篇）:112页）　3000册　10元
◆前言2页／总目录1页／目录3页‖抬头见喜／无题（因为没有故事）／南来以前／又是一年芳草绿／一封信／"五四"之夜／鬼与狐／我的理想家庭／观画记／小型的复活／入会誓词／独白／诗人／自谴／三函良友／宗月大师／我的母亲／自传难写／春风／青岛与山大／想北平／青蓉略记／小麻雀／落花生／小动物们

【注】〈茅盾（篇）〉の内容は省略。

94.『小坡的生日』［中国儿童文学丛书］
2000年5月　人民文学出版社（北京）
B6版　216页　5000册　10.00元
插图:夏清泉
◆目录2页‖小坡和妹妹／种族问题／新年／花园里／还在花园里／上学／学校里／逃学／海岸上／生日／电影园中／滑拉巴唧／影儿国／猴王／狼猴大战／求救／往虎山去／醒了

95.『老舍经典』［世纪经典文丛］荣天编选
　　2000年6月　　南海出版公司（海口）
　　A5版　　450页　　5000册　　26.00元
　　　◆目录1页‖骆驼祥子／月牙儿／我这一辈子／正红旗下／茶馆

96.『骆驼祥子』［百年百种优秀中国文学图书］
　　2000年7月　　人民文学出版社（北京）
　　A5版　　224页　　10000册　　9.80元
　　　◆老舍（略历）1页／丛书前言3页／评选委员会1页／丛书编辑委员会1页／丛书书目5页‖骆驼祥子1-224
　⇒［Ⅳ－3］

97.『四世同堂（上、下）』［百年百种优秀中国文学图书］
　　2000年7月　　人民文学出版社（北京）
　　A5版　　10000册　　49.00元
　→2007年7月　　第12次印刷　　5000（58001-63000）册

　－1．《上》　　600页
　　　◆老舍（略历）1页／丛书前言3页／评选委员会1页／丛书编辑委员会1页／丛书书目5页／目录1页‖序（三十四年四月一日）1页／第一部　惶惑1(3)-418／第二部　偷生419(421)-600

　－2．《下》557（601-1157）页
　　　◆第二部　偷生601-885／第三部　饥荒887(889)-1157

98.『茶馆』［百年百种优秀中国文学图书］
　　2000年7月　　人民文学出版社（北京）
　　A5版　　142页　　10000册　　9.00元
　→2001年3月　　第2次印刷　　10000（10001-20000）册
　　　◆老舍（略历）1页／丛书前言3页／评选委员会1页／丛书编辑委员会1页／丛书书目5页／目录1页‖茶馆1-69／附录:龙须沟71-142

99.『**老舍小说名篇**』［中国现代文学名家名篇书系］叶千章编选
   *2000年7月　时代文艺出版社（长春）
   →2001年4月第2次印刷
   　A5版　　426页　　14.80元
   　　◆目录1页／编选说明4页‖大悲寺外／马裤先生／微神／开市大吉／柳家大院／抱孙／黑白李／上任／柳屯的／老字号／断魂枪／月牙儿／我这一辈子／离婚
   ⇒［Ⅱ－123］

100.『**正红旗下　话剧剧本**』
   李龙云改编
   2000年11月　民族出版社（北京）
   　B6版（850×1168）　　253页　　1500册　　12.80元
   　　◆出版说明1页／目录1页／**李龙云**：《正红旗下》改编的前前后后（代序）——在纪念老舍先生诞辰一百周年国际研讨会上的发言6页‖《**正红旗下**》（话剧剧本）1-123／附：**胡絜青**：写在《正红旗下》前面）124-130／《**正红旗下**》（小说原著）131-250‖**于是之**：就《正红旗下》的改编致李龙云的信（摘录）251-252／**李龙云**：后记253
   ※［出版说明］：在老舍一生的作品几乎全部被改编、被搬上舞台与银幕的今天，只有《正红旗下》是个例外，原因就在于它的残缺。而剧作家**李龙云**则老舍诞辰100周年之际，终于将它改编完成。／为了便于有兴趣的读者了解改编的全过程，了解改编和原著的渊源关系，现特征得老舍先生家属的同意，将《正红旗下》小说原著作为附录一并收入。在《正红旗下》小说首次出版的时候，胡絜青先生曾经就小说的坎坷遭际，以及最终得以出版的过程专门撰写了文章《写在〈正红旗下〉前面》。而著名戏剧家**于是之**先生则自1985年开始就曾着手组织过话剧《正红旗下》的改编。为了更全面地说明情况，现将**胡絜青**先生的文章和于是之先生1985年就《正红旗下》改编一事写给**李龙云**先生的书信（摘录）也作为附录一并收入。

Ⅱ．単行本

2001年

101. 『学生阅读经典—老舍』舒乙选编
　　2001年1月　　文匯出版社（上海）
　　B6版　　398页　　2500册　　18.00元
　→2001年2月第2次印刷　　3000(3001-6000)册
　　2001年8月第5次印刷　　2500(16001-18500)册
　　2004年3月第12次印刷　　3000(45901-48900)册
　　◆目录2页／舒乙：序言3页‖ 上编 ；月牙儿／我这一辈子／大悲寺外／马裤先生／柳家大院／黑白李／上任／微神／柳屯的／老字号／断魂枪／"火"车／正红旗下‖ 中编 ；小型的復活（自传之一章）／我的母親／宗月大师／诗人／想北平／文牛／养花‖ 下编 ；小相声一则／乱形容／作诗
　　※[序言]：这本老舍作品选的特殊之处在于它的结构，这是它和目前众多的选本之间的主要区别。／从目录上可知，分上、中、下三篇：上编是小说；中编是散文；下编是曲艺作品。

102. 『我这一辈子』
　　2001年1月　　解放军文艺出版社（北京）
　　A5版　　207页　　7000册　　12.00元　　オビ
　→2001年2月第2次印刷　　7000(7001-14000)册
　　◆秦弓：小人物的笑与泪1-10‖我这一辈子11-119；插图：高荣生‖ 附录 ；杨柳青改编：电影剧本[我这一辈子]121(122)-199、附记；石挥：只得让"我"死的原因；原刊上海《大公报》1950年2月26日)199-200／刘纳：读《我这一辈子》201-207

103. 『老舍文选』[名家名著经典作品选(8)]
　　2001年1月　　內蒙古文化出版社（海拉爾）
　　A5版　　506页　　2500册　　20.00元
　　◆老舍（名人春秋）4页／目录2页‖ 长篇小说 ；骆驼祥子／正红旗下 中篇小说 ；月牙儿／我这一辈子／茶馆 短篇小说 ；断魂枪／微神／马裤先生／英国人／旅行／头一天／我的几个

79

房东／英国人与猫狗

104.『我这一辈子 月牙儿』
    2001年5月　　人民文学出版社(北京)
    A5版　239页　20000册　10.00元
    ◆图版1页：作者像／目录1页‖我这一辈子／月牙儿／阳光／微神／黑白李／上任／牺牲／断魂枪／新韩穆烈德／兔／八太爷

105.『茶馆』[世纪经典]老舍著　李安平供图
    *2001年6月
    →2001年7月第2次印刷　浙江人民出版社・浙江教育出版社(杭州)
    A5版　120页　6000(5001-11000)册　12.00元
    ◆目录1页／老舍(略厉)1页‖人物表3页／茶馆1-117‖老舍1958年就《茶馆》答问118-119／《茶馆》资料库120
    【注】「新视觉・新阅读　彩色插图本」。

106.『写家漫语』[青年读本]
    2001年9月　　大众文艺出版社(北京)
    A5版　448页　10000册　22.80元
    ◆图版1页／目录6页‖忆人篇；鲁迅先生逝世两周年纪念／给茅盾兄祝寿／敬悼许地山先生／宗月大师／白石夫子千古／我所认识的沫若先生／祭王统照先生／敬悼我们的导师／悼于非闇画师／悼念罗常培先生／四位先生／哭白涤州／何容何许人也／一点点认识／大地的女儿 亲情篇；我的母亲／我的理想家庭／有了小孩以後 回顾篇；自传／自传难写／婆婆话／抬头见喜／"四大皆空"／"五四"给了我什么／東方学院／八方风雨／成绩欠佳，收入更欠佳／梦想的文艺 写作篇；我的创作经验(讲演稿)／我怎样写《老张的哲学》／我怎样写《赵子曰》／我怎样写《二马》／我怎样写《牛天赐传》／我怎样写《骆驼祥子》／怎样写小说／我怎样写短篇小说／怎样写文章／我怎样投稿／人物的描写／景物的描写／比喻／越短越难／谈简练——答友书／谈文字简练／大众文艺怎样写／从技巧上说／"现成"与"深入浅出"／别怕动笔／关于写作的几个问题 读书篇；

读书／谈读书／写与读／读与写 —— 卅二年三月四日在文化会堂讲演／怎样读小说／关于阅读文学作品／文学遗产应怎样接受／古为今用／选择与鉴别 —— 怎样阅读文艺书籍／读巴金的《电》／《红楼梦》并不是梦 艺文篇；谈幽默／什么是幽默／"幽默"的危险／谈讽刺／滑稽小说／谈诗 —— 在文华图书馆专校演词／诗人／怎样学诗／我的"话"／我怎样学习语言／谈用字／人、物、语言／言语与风格／观画偶感／说漫话／读画小记／傅抱石先生的画／沫若、抱石两先生书画展捧词／看画／灵的文学与佛教／乍看舞剑忙提笔／充实我们的学识 随笔篇；习惯／闲话／献曝／多鼠斋杂谈／文牛／储蓄思想／又是一年芳草绿／忙／鬼与狐／谈"放"／养花／春来忆广州 游记篇；春风／大明湖之春／可爱的成都／青蓉略记／北京的春节／内蒙风光 ‖附；舒乙：解读老舍先生的五把钥匙（载《青少年老舍读本》1992年1月台湾业强出版社）

2002年

107.『**苹果车：政治幻想曲** *The Apple Cart: a Political Extravaganza*(英汉对照)』[名作名译，金石系列]
萧伯纳（*George Bernard Shaw*）著　老舍译
2002年1月　中国对外翻译出版公司（北京）
A5版　301页　5000册　20.00元
◆苹果车1(2)－301‖老舍传略　2页

108.『**老舍作品集**』[中国现代名家精品书系]
2002年1月　2000册　北岳文艺出版社（太原）
A5版　607页　28.00元
◆郝世宁：人民艺术家老舍4页／目录1页‖骆驼祥子／月牙儿／我这一辈子／离婚／微神／茶馆
→［Ⅱ－134］

109.『**老舍文萃**』傅光明・郑实编
2002年2月　文化艺术出版社（北京）

A5版　　448页　　23.00元

◆目录3页‖马裤先生／大悲寺外／微神／歪毛儿／开市大吉／柳家大院／抱孙／黑白李／也是三角／眼镜／牺牲／柳屯的／生灭／裕兴池里／月牙儿／老字号／断魂枪／新韩穆烈德／新爱弥耳／且说屋里／我这一辈子／小人物自述／恋／正红旗下

⇒［Ⅳ－10］

110.『老舍经典作品选』

2002年3月　　当代世界出版社（北京）

A5版　　505页　　10000册　　21.00元

◆郝世宁：人民艺术家老舍3页／目录1页‖骆驼祥子／月牙儿／我这一辈子／离婚／微神／茶馆

111.『倾听老舍』［倾听文学书系］吾人选编

2002年6月　　中国广播电视出版社（北京）

A5版　　261页　　8000册　　19.00元（含盘）

【注】「配CD盘（中国广播影视音像出版）一张；朗诵：大民、晨笛」。

◆目录3页‖叙事抒情；一些印象（节选）／非正式的公园／*趵突泉的欣赏／*小麻雀／*落花生／春风／小动物们／小动物们（鸽）续／又是一年芳草绿／青岛与山大／想北平／忙／无题（因为没有故事）／*五月的青岛／母鸡／猫／生日／五四之夜／青蓉略记／多鼠斋杂谈／北京的春节／我热爱新北京／*春来忆广州／*内蒙风光（节选）／养花　幽默文萃；到了济南／药集／一天／当幽默变成油沫／辞工／吃莲花的／自传难写／考而不死是为神／小病／读书／婆婆话／立秋后／我的理想家庭／有了小孩以后／大明湖之春／兔儿爷／四位先生／"住"的梦　怀人与自述；述志／小型的复活（自传之一章）／抬头见喜／我的几个房东／宗月大师／敬悼许地山先生／我的母亲　小品杂文；谈幽默／文艺副产品——孩子们的事情／我的"话"／散文重要／文章别怕改／别怕动笔／文牛‖（*朗诵篇目）

→2004年4月第2次印刷　　1000（8001-9000）册　　16.80元（含盘）

　　◆导读4页／目录3页

→2004年9月第4次印刷　　1000（9001-10000）册　　16.80元（含盘）

【注】［封面］：倾听老舍　幽默／学生阅读经典
⇒［Ⅱ－147］

112.『茶馆』［北京人艺剧照插图本］
　　2002年10月　人民出版社（北京）
　　A5版　157頁　8000册　13.90元
　　◆人物表6頁／叶浅予：茶馆插图12頁‖茶馆1(3)-157‖资料10頁

113.『老舍的北京』王培元编选　沈繼光摄影
　　2002年12月　三聯書店（香港）有限公司
　　B5版　167頁　港幣55.00元
　　◆目錄1頁‖想北平／我的母親／北京的春節／微神／柳家大院／老字號／小人物的自述（未寫完）／宗月大師／斷魂槍／駱駝祥子（節選）‖沈繼光：照片二事（代後記）164-167
　　※［照片二事］：五年前,我似乎狂風般的拍攝了一批片子,並寫了一篇小文《照片一事》,朋友祝曉風發現,將文刊登在《中華讀書報》上。／現抄錄如下——／湖南文藝出版社要出一本畫册：《老舍筆下的北京》,舒乙、趙園推薦,其中的照片邀我來拍。應下後,一直有些困惑,有些懼怕,甚至失去了原有的信心。看我成天地搜索枯腸,一臉的嚴肅,弄得家裡人也跟着緊張起來。自然,愁了一陣子,也還是沒有貿然出去拍。／也許是上帝不忍再難為我,也許是先生於冥冥之中給了我啟發,一日,又翻先生書,不意讀到這樣幾行文字："設若讓我寫一本小說,以北平作背景,我不至于害怕,因為我可以撿着我知道的寫,而躲開我所知道的。讓我單擺浮擱的講一套北平,我沒辦法。北平的地方那麼大,事情那麼多,我知道的真覺太少了,雖然我生在那裡,一直到二十七歲才離開。以名勝說,我沒到過陶然亭,這多可笑！以此類推,我所知道的那點只是'我的北平',而我的北平大概等於牛的一毛。／可是,我真愛北平。這個愛幾乎是要說而說不出的。"／一下子,我的眼睛濕潤了。我知道了該拍什麼和怎樣拍了！／第二天我就揹起了照相機、三腳架,開始出現在殘牆斷瓦的老胡同大雜院裡。不知怎的,眼睛也格外的靈動,前前後後,左左

右右,上上下下,我陸續看到了我原來不曾看出的"一些",陸續拍下了我原來以為不值得拍得"一些",這一些的發現真讓我喜悅豁亮。/就這樣,從一九九七年十月到一九九八年二月,在北京我所涉足的極有限的街巷,拍攝出幾百幅照片。對於這個歷史好久好久,地方好大好大,事情又好多好多的城來說,這只是她的一點殘片,而且是她即將消逝和已經消逝的那部分的一點殘片。(就在我寫這些文字的時候,照片中所拍的一些地方,已被夷為平地。)/拍下這些照片,紀念這座古城所曾擁有過的一位偉大真誠的代言人——老舍先生,既不熱鬧,也不顯眼,但我是動了情上了心的。同時,對舒乙和湖南文藝出版社的囑託,也算是有了一個未必盡如人意的交代。/事情總是難以逆料。出版社因一些具體困難而未能如願出版,表示了歉意。**舒乙**得知,又四方聯絡,終沒有結果。/我呢?當交了這批約定的攝影作品之後,幾乎沒有片刻停歇,又**繼續**拍了下去,真是一發不可收。我知道,我並非是為別人而拍,更是為我所激動的對象、為我的內心渴求而拍,這樣,由一九九八年二月交稿時的五百餘幅擴漫到一九九九年十二月的一千三白餘幅,儘管明明知道這片子不為人知,也無人喝采,我依然地踏實和充盈。/後來,**舒乙**重建中國現代文學館,在老舍專室的陳列中,他特別選用了我拍的這批片子當中的二十幅,裱放在老舍先生頭像的周圍,成為一面紀念牆。我很感激他的厚愛和用心。他說過,片子裡那種憂鬱感,很貼近老舍作品中對平民百姓命運的同情與關注。/又後來,香港三聯書店**李昕**和人民文學出版社**王培元**兩位編審,商議將我留存三、四年的這兩批兩次狂風拍攝的照片,選出一百幅配置在老舍文字的遍上,並且由我心儀已久的三聯書店印成書。

⇒［Ⅱ－132］

2003年

114. 『**老舍剧作**』傅光明选编
2003年1月　浙江文艺出版社(杭州)
A5版　355页　6000册　17.40元

→2003年5月　第2次印刷　3000(6001-9000)册

◆傅光明:前言5页‖归去来兮(五幕剧)／谁先到了重庆／五虎断魂枪(三幕剧)／龙须沟(三幕剧)／茶馆(三幕剧)

115.『老舍散文精编』舒乙编；叶武林插图

2003年1月　漓江出版社(桂林)

A5版　454页　10000册　23.00元

→2003年7月第2次印刷　10000(10001-20000)册

◆图版16页／目录3页／舒乙:代序　五把钥匙‖乡土篇；一些印象／更大一些的印象(济南通信)／非正式的公园(济南通信)／大明湖之春／趵突泉的欣赏(济南通信)／青岛与山大／想北平／五月的青岛／头一天／还想着它／东方学院／船上——自汉口到宜昌／滇行短记／多鼠斋杂谈／由三藩市到天津／北京的春节／我热爱新北京／要热爱你的胡同／内蒙风光(节选)　亲友篇；记涤洲／哭白涤洲／何容何许人也／我的几个房东／有了小孩以后／文艺副产品——孩子们的事情／无题(因为没有故事)／怀友／宗月大师／敬悼许地山先生／我所认识的沫若先生／我的母亲／赴告／一点点认识／给茅盾祝寿／老姐姐们／大地的女儿／白石夫子千古／祭王统照先生／可喜的寂寞／悼念罗常培先生／悼于非闇画师／敬悼郝寿臣老先生　人生篇；小型的复活(自传之一章)／抬头见喜／这几个月的生活／致××兄　一九三八年二月十五日／入会誓词／轰炸／生日／自述／自谴／成绩欠佳，收入更欠佳／家书　一九四二年三月十日／割盲肠记／旧诗与贫血／"四大皆空"／生活自述／假若我有那么一箱子画／八方风雨／海外书简　一九四七年十一月二日／生活,学习,工作／"五四"给了我什么／贺年／勤俭持家／五十而知使命／养花　文艺篇；血点／未成熟的谷粒／哀莫大于心死／又是一年芳草绿／忙／不要饿死剧作家／大力推广普通话／老舍创作／投稿／话剧观众须知二十则／文艺与木匠／文艺学徒／致臧克家　一九五七年五月二十日／文牛　幽默篇；当幽默变成油沫／吃莲花的／买彩票／写信／自传难写／大发议论／《老舍幽默诗文集》序／考而不死是为神／小病／习惯／取钱／写字／落花生／有钱最好／鬼与狐／婆婆话／在民国卅年

元旦写出我自己的希望／"住"的梦／四位先生‖附录；舒乙：老舍生平及作品432-454

116.『老舍 马裤先生』[大师名作绘本45]
老舍著　黄本蕊绘
2003年4月　河北教育出版社(石家庄)
B5版　30页　10000册　12.80元
◆马裤先生(简介)1页‖马裤先生‖老舍·黄本蕊(略历)

117.『画像(老舍散文随笔精选)』[中国近代名人经典文丛]
2003年5月　北岳文艺出版社(太原)
A5版　222页　5000册　10.00元
◆目录1页‖月牙儿／我这一辈子／大悲寺外／马裤先生／柳家大院／黑白李／上任／微神／柳屯的／老字号／断魂枪／"火"车／小型的复活／我的母亲／宗月大师／诗人／想北平／文牛／养花／人同此心

118.『老舍主页』[点击大师第一辑]雨笠选编
2003年6月　浙江文艺出版社(杭州)
A5版　154页　8000册　13.00元
插图:骆松涛
◆编辑缘起2页／目录2页‖小说；月牙儿／断魂枪／微神／马裤先生 散文:五月的青岛／趵突泉的欣赏／想北平／宗月大师／诗人／我的母亲／当幽默变成油沫／考而不死是为神／避暑／有了小孩以后／大明湖之春／落花生／婆婆话 剧作:茶馆(节选)☆第二幕

※[编辑缘起]:为了盘点这些文坛大家的世纪名著,我社曾于2000年起陆续编辑出版了一套"二十世纪中国文学大师经作品丛书",即"世纪文存",共50种。／于是,就有了现在这套"世纪文存·点击大师"丛书。／第一辑被"点击"的十位大师级(☆鲁迅、茅盾、巴金、老舍、冰心、朱自清、郁达夫、沈从文、徐志摩、汪曾祺),都是现行初高中语文课本中所提及并有作品入选的。

119.『平民写家 —— 老舍』[学生必备经典导读第一辑]傅光明编
　　2003年8月　　安徽文艺出版社（合肥）
　　A5版　　271页　　8000册　　13.00元
　　◆目录1-2／傅光明：平民写家 —— 老舍小传3-43‖
　　[中篇小说]；**月牙儿**／**我这一辈子**　[短篇小说]；**微神**／**断魂枪**
　　[散文]；**一些印象**(节选)／**非正式的公园**／**趵突泉的欣赏**／**又是一年芳草绿**／**春风**／**小动物们**／**小动物们（鸽）续**／**想北平**／**谈幽默**／**我的理想家庭**／**有了小孩以后**／**五月的青岛**／**宗月大师**／**诗人**／**怎样写小说**／**敬悼许地山先生**／**我的母亲**／**文牛**／**猫**
　　[剧作]；**茶馆**(第二幕)

2004年

120.『骆驼祥子　插图本』
　　老舍著　　孙之儁图
　　2004年1月　　人民文学出版社（北京）
　　A5版　　364页　　10000册　　22.00元
　→2004年3月　　第2次印刷　　10000(10001-20000)册
　　◆插图：创作《骆驼祥子》时摄于青岛‖骆驼祥子1-361‖舒济：后记362-364

　　※[后记]：二〇〇三年夏，人民文学出版社有意要出《骆驼祥子》插图本，要求出版的更庄重，有更高的欣赏与收藏价值。征求我的意见时，我马上想到了孙先生的《骆驼祥子画传》。能从画传上选大量的图画作插图，既会有新鲜感又有历史感。／现在出版的这本《骆驼祥子》插图本中使用了孙之儁先生半个世纪前创作的《骆驼祥子画传》[☆1950年上海华东书店]中绝大部分图画，共一百零九幅，图文并茂，使得这份文学遗产，更引人入胜。

121.『老舍幽默诗文集』舒济编
　　2004年1月　　人民文学出版社（北京）
　　A5版　　520页　　10000册　　30.00元

◆ 代序一 老舍:谈幽默／代序二 老舍:什么是幽默？／代序三 方成:老舍的幽默‖诗;国庆与重阳的追记／救国难歌／恋歌／教授／勉舍弟舍妹／长期抵抗／空城计／致富神咒／病中／希望／贺《论语》周岁／痰迷新格／抛锚之后／为关良《凤姐图》题诗／贺张伯苓先生七十大庆／为《茶馆》人物速写配诗 文;旅行／一些印象／致陈逸飞／讨论／更大一些的印象／济南的药集／夏之一周间／耍猴／祭子路之岳母文／济南专电(慢电代邮)／广智院／新年的梦想／致黎烈文／一天／估衣／昼寝的风潮／狗之晨／为被拒迁入使馆区八百余人上外交总长文／慢电代邮／当幽默变成油抹／不食无劳／记懒人／真正的学校日刊／天下太平／路与车／慰劳／不远千里而来／马裤先生／吃莲花的／辞工／买彩票／致友人书／开市大吉／写信／有声电影／打倒近视／抱孙／科学救命／致赵景深／特大的新年／新年醉话／新年的二重性格／个人计划／自传难写／抬头见喜／眼镜／大发议论／观画记／《老舍幽默诗文集》序／考而不死是为神／小病／神的游戏／《牛天赐传》广告／避暑／暑中杂谈二则／习惯／《赶集》序／取钱／画像／写字／读书／老舍的创作／落花生／有钱最好／又是一年芳草绿／春风／谈教育／忙／西红柿／歇夏(也可以叫做"放青")再谈西红柿／暑避／檀香扇／致李同愈／青岛与我／立秋后／等暑／"完了"／丁／钢笔与粉笔／新年试笔／《天书代存》序／不说谎的人／我的暑假／鬼与狐／代语堂先生拟赴美宣传大纲／英国人／相片／婆婆话／闲话／番表／我的理想家庭／有了小孩以后／归自北平／搬家／在青岛青年会的演讲／AB与C／牛老爷的痰盂／大明湖之春／"火"车／文艺副产品／投稿／理想的文学月刊／英国人与猫狗／"西风"周岁纪念／小型的复活(自传之一章)／话剧中的表情／为于志恭题词／兔儿爷／短景／生日／独白／在民国卅年元旦写出我自己的希望／诗人／外行话／我呢？／别忙／成绩欠佳,收入更欠佳／话剧观众须知二十则／在乡下／母鸡／四位先生／答客问／文艺与木匠／我是"听用"！／筷子／假若我有那么一箱子画／割盲肠记／"住"的梦／多鼠斋杂谈／文牛／梦想的文艺／今年的希望／大智若愚／入城／在火车上／闲谈／电话／文艺学徒／猫／我怎样投稿

／乍看舞剑忙提笔／春联／可喜的寂寞／春来忆广州‖舒济：后记

※[后记]：早在七十年前,老舍先生自己编辑了一本《老舍幽默诗文集》,仅收了三十五篇诗与文,1934年4月由上海时代图书公司印行。可是在那时及以后的时间,国难深重,兵荒马乱,民不聊生。为了革命斗争、武装反抗,把文艺作为了对敌的工具与武器。这样,像老舍的这些幽默小文,被认为不和时宜。《幽默诗文集》仅印了一版,从此销声匿迹。／进入二十世纪八十年代,香港三联书店首先要再版这本三十年代的《幽默诗文集》。我在初版本的基础上增删至四十篇,并请漫画大师方成先生作了插图,1982年出版中文繁体本〔☆[Ⅱ－27]〕。这本薄薄的十万字的小书,到1988年再版了六次,得到香港和海外读者的欢迎。／1983年初,湖南人民出版社出版了我编的收有六十五篇短文而无诗的《老舍幽默文集》〔☆[Ⅱ－33]〕。特请老舍生前好友**吴组缃**先生作序。出版后很快销售一空,当年又再版了一次,先后发行了四万九千多册,得到国内广大读者的欢迎。老舍先生的幽默小品又活了！／1990年编完了《老舍文集》〔☆[Ⅰ－1]〕,手头搜集到的幽默诗文篇目,远远超过了已出版的那些内容。这时海南出版社想要出版一本内容更多的集子。我又为他们编辑了有一百二十六篇,二十三万字的《老舍幽默诗文集》〔☆[Ⅱ－57]〕。1992年中出版后,很快就卖完了。在"文革"后几十年里,《老舍幽默诗文集》增容再版,在增容又再版了三回,有了三种版本,显示出它的生命力。今夏,人民文学出版社要我编辑了再次增容的《老舍幽默诗文集》。／这本书的另一特色,是有我国最著名的画家[☆**叶浅予、关良、丁聪、方成、毕克官、韩羽、张守义、叶武林、高荣生**]创作的一百三十一幅插图。

122. 『**老舍作品精选**』[现代文学名家作品精选]**朝歌 雨君**选编
2004年1月　长江文艺出版社(武汉)
A5版　541页　10000册　26.00元
◆目录3页／老舍的生平及其创作4页‖小说；热包子／同盟／

大悲寺外／马裤先生／微神／歪毛儿／柳家大院／黑白李／眼镜／铁牛和病鸭／也是三角／上任／牺牲／柳屯的／善人／月牙儿／老字号／断魂枪／听来的故事／新时代的旧悲剧／新韩穆烈德／哀启／"火"车／东西／我这一辈子 散文；趵突泉的欣赏／小麻雀／何容何许人也／青岛与山大／想北平／英国人／大明湖之春／五月的青岛／吊济南／鲁迅先生逝世二周年纪念／五四之夜／宗月大师／敬悼许地山先生／母鸡／吴组缃先生的猪／马宗融先生的时间概念／何容先生的戒烟／青蓉略记／我的母亲／文牛／狗／"住"的梦／八方风雨／北京的春节／猫 诗歌；《论语》两岁／题"全家福"／诗三律／贺全国文艺界抗敌协会成立／哭王礼锡先生／诗四首／诗二章／北行小诗／诗四章／赠涤非词人／蜀村小景／题静庐写秃松小品／白云寺／题关良"凤姐图"诗／赠荀慧生

123. 『老舍小说名篇』［中国现代文学学生阅读经典］张疏影编选
 2004年1月　时代文艺出版社（长春）
 B6版（850×1168）　426页　15.80元
 ◆图版8页／目录1页／张疏影：导读5页‖大悲寺外／马裤先生／微神／开市大吉／柳家大院／抱孙／黑白李／上任／柳屯的／老字号／断魂枪／月牙儿／我这一辈子／离婚
 【注】2000年7月『老舍小说名篇』［Ⅱ－99］とは編者が叶千章から张疏影に替わっているが、内容に変更もなければ、张疏影「导读」も叶千章「编选说明」を一部改訂したものにすぎない。

124. 『老舍散文』［学生阅读经典］彬彬选编
 2004年1月　10000册　内蒙古文化出版社（呼伦贝尔）
 A5版　345页　16.00元
 ◆图版4页／目录4页‖东方学院／北京的春节／要热爱你的胡同／一些印象／记涤洲／更大一些的想像（济南通信）／非正式的公园（济南通信）／大明湖之春／趵突泉的欣赏（济南通信）／我热爱新北京／由三藩市到天津／哭白涤洲／何容何许人也／有了小孩以后／文艺副产品——孩子们的事情／我的几个房东／无题（因为没有故事）／大地的女儿／怀友／宗月大师／我的

90

母亲／敬悼许地山先生／我所认识的郭沫若先生／老姐姐们／给茅盾兄祝寿／生日／一点点认识／白石夫子千古／祭王统照先生／敬悼郝寿臣老先生／可喜的寂寞／悼于非闇画师／悼念罗常培先生／抬头见喜／小型的复活（自传之一章）／致××兄／这几个月的生活／入会誓词／轰炸／"四大皆空"／家书／自述／自谴／割盲肠记／旧诗与贫血／文艺与木匠／血点／生活自述／养花／八方风雨／海外书简／假若我有那么一箱子画／勤俭持家／忙／"五四"给了我什么／生活，学习，工作／贺年／五十而知使命／未成熟的谷粒／哀莫大于心死／话剧观众须知二十则／投稿／大力推广普通话／又是一年芳草绿／写信／落花生／习惯／文艺学徒／青岛与山大／想北平／五月的青岛／头一天／还想着它／船上——自汉口到宜昌／滇行短记／内蒙风光（节选）／成绩欠佳，收入更欠佳／当幽默变成油抹／买彩票／大发议论／考而不死是为神／小病／取钱／写字

→2005年4月　精装本　20.00元　　［名家经典珍藏］

【注】「図版」なし。

125.『老舍选集』［中国文库］舒济 编

2004年3月　人民文学出版社（北京）

A5版　301页　5000册　15.00元

◆图版1页／"中国文库"出版前言2页／"中国文库"第一辑编辑委员会1页／"中国文库"第一辑编辑委员会办公室1页／目次3页／王瑶：序8页‖作品部分：小说；上任／柳家大院／邻居们／老年的浪漫／听来的故事／断魂枪／新韩穆烈德／兔／丁／月牙儿／小人物自述　诗歌；海外新声／鬼曲／礼物／歌声（散文诗）　散文；想北平／我热爱新北京／北京的春节／济南的秋天／济南的冬天／春风／春来忆广州／宗月大师／敬悼许地山先生／何容何许人也／猫／诗人／未成熟的谷粒　幽默文；旅行／吴组缃先生的猪／马容融先生的时间概念／姚蓬子先生的砚台／何容先生的戒烟／多鼠斋杂谈　一 戒酒、二 戒烟、三 戒茶、四 猫的早餐、五 最难写的文章、六 最可怕的人、七 衣、八 行、九 帽、十 狗、十一 昨天、十二 傻子‖资料部分；周扬：怀念老舍同志239-244／李长之：论老舍的幽默与讽刺

245-248／**赵少侯**:论老舍的幽默与写实艺术(节选)249-251／**攀骏**:老舍的文学道路252-274／**舒济**:老舍年谱简编275-301／"中国文库"第一辑书目4页

※[序]:老舍先生的作品不仅数量众多,而且他的脍炙人口的精品大都是长篇,要在一本篇幅不多的选集中选出可以代表他多方面成就的作品是很困难的。但正如鲁迅先生所说,"借一斑略知全豹";本书编者舒济女士不仅老舍先生父女情深,真正领受过作者品德的感召,而且参预了《老舍文集》的编辑工作,对作者的全部作品进行过深入地探讨和研究;经过她的精心编选,应该说,读者是可以从这本书中得到对老舍先生的人格精神和艺术成就的比较准确的了解的,因此我愿意把它推荐给爱好文学的广大读者。

126.『**老舍小说・散文**』[学生阅读经典]**李晓明**主编 赵卿副主编
2004年4月　吉林文史出版社(长春)
A5版　308页　6000册　14.80元

◆ 代序:赵卿:生命的呼声4页／目录 1页‖月牙儿／我这一辈子／马裤先生／柳家大院／上任／微神／柳屯的／老字号／断魂枪／正红旗下／小型的复活／我的母亲／宗月大师／诗人／想北平／文牛／养花

⇒［Ⅱ－151］

127.『**抬头见喜**』
2004年4月　中国青年出版社(北京)
B5版　203页　20000册　23.00元

◆ 目录2页／舒济:序2页／靳飞卿:老舍影5页‖我的母亲／宗月大师／抬头见喜／无题(因为没有故事)／小型的复活(自传之一章)／东方学院／我怎样写《老张的哲学》／我怎样写《赵子曰》／我怎样写《二马》／写与读／还想着它／我怎样写《小坡的生日》／一些印象(节选)／致黎烈文／我怎样写《离婚》／我怎样写《牛天赐传》／又是一年芳草绿／歇夏(也可以叫做"放青"／致李同愈／我怎样写《骆驼祥子》／想北平／婆婆话／有了小孩以后／一封信／快活得要飞了／生日／五四之夜

／又一封信／八方风雨／自述／割盲肠记／"四大皆空"／假若我有那么一箱子画／我有一个志愿／多鼠斋杂谈／文牛／《龙须沟》写作经过／我热爱新北京／养花／答复有关《茶馆》的几个问题／十年笔墨‖舒乙：父亲最后的两天188-203

128.『月牙儿与阳光』
2004年6月　昆仑出版社（北京）
B5版　175页　10100册　29.00元
【注】「全彩插图（45幅）本」。
◆目录1页／图版1页‖月牙儿7(8)-64(绘图：李全武・徐勇民　解读：范亦豪65-76／微神77(78)-108(绘图：王书朋　解读：严家炎109-118)／阳光119(120)-165(绘图：叶武林　解读：吴福辉166-175)

129.『出口成章』［经典新读・文学课堂］
2004年7月　复旦大学出版社（上海）
A5版　165页　8000册　12.00元
◆内容提要1页／编辑说明2页／目录2页‖序／人、物、语言／语言、人物、戏剧／人物、语言及其他／语言与生活／话剧的语言／儿童剧的语言／戏剧语言／对话浅论／关于文学的语言问题／学生腔／谈叙述与描写／人物不打折扣／文病／比喻／越短越难／谈简练／别怕动笔／谈读书／看宽一点／多练基本功／勤有功／青年作家应有的修养
※［编辑说明］：本丛书在编辑体例上以"尊重历史原貌"为原则，对个别留有时代印痕的文章，一概存其原始风貌，不予改动，使读者了解特定历史环境留给文学的不平常烙印。为便于读者阅读，每本书配有插图，以体现"经典新读"之新意。／本丛书第一辑共收入六部作品[☆俞平伯《红楼梦研究》、朱自清《经典常谈》、夏衍《写电影剧本的几个问题》、老舍《出口成章》、秦牧《语林采英》、何其芳《诗歌欣赏》]，此后还将有其他优秀作品陆续推出。

130.『文学概论讲义』［大师谈文学］
　　2004年8月　复旦大学出版社（上海）

A5版　156页　5100册　12.00元

◆出版说明1页／目录1页‖第一讲 引言／第二讲 中国历代文说(上)／第三讲 中国历代文说(下)／第四 文学的特质／第五讲 文学的创造／第六讲 文学的起源／第七讲 文学的风格／第八讲 诗与散文的分别／第九讲 文学的形式／第十讲 文学的倾向(上)／第十一讲 文学的倾向(下)／第十二讲 文学的批评／第十三讲 诗／第十四讲 戏剧／第十五讲 小说

131.『老舍散文选集』[百花散文书系・现代散文丛书]舒济编
2004年8月第2版　百花文艺出版社(天津)
A5版　408页　5000册　23.00元
封面题字：宁书纶

◆编辑例言1页／目录4页／孙钧政：序言19页‖到了济南／一些印象(节选)／非正式的公园／趵突泉的欣赏／一天／买彩票／有声电影／新年醉话／自传难写／抬头见喜／大发议论／观画记／考而不死是为神／小病／习惯／记涤洲／取钱／写字／落花生／春风／歇夏(也可以叫做"放青")／青岛与我／何容何许人也／青岛与山大／想北平／相片／番表／东方学院／大明湖之春／五月的青岛／有了小孩以后／文艺副产品／无题(因为没有故事)／吊济南／小型的复活／记"文协"成立大会／轰炸／宗月大师／去年今日／敬悼许地山先生／悼赵玉三司机师／在乡下／我所认识的沫若先生／四位先生／青蓉略记／我的母亲／假若我有那么一箱子画／一点点认识／段绳武先生逝世四周年／多鼠斋杂谈／"住"的梦／给茅盾兄祝寿／傅抱石先生的画／我热爱新北京／北京的春节／大地的女儿／北京养花／白石夫子千古／祭王统照先生／贺年／悼念罗常培先生／悼于非闇画师／猫／梅兰芳同志千古／内蒙风光(节选)／敬悼郝寿臣老先生／敬悼我们的老师／记忆犹新／春来忆广州

132.『老舍的北京』[名家于故乡]王培元编选　沈继光摄
2004年8月　当代中国出版社(北京)
B5版　167页　25.00元
【注】[Ⅱ－113]の簡体字本。

94

Ⅱ．単行本

133.『骆驼祥子・黑白李』［现代作家精选本］
　　2004年9月　　复旦大学出版社（上海）
　　A5版　　294页　　10000册　　21.00元
　　◆目录1页／吴福辉：导言4页‖骆驼祥子／月牙儿／黑白李／柳家大院／不成问题的问题

134.『老舍作品集』［名家作品集］
　　2004年10月　　北岳文艺出版社（太原）
　　A5版　　539页　　28.00元
　　◆目录1页‖骆驼祥子／月牙儿／我这一辈子／离婚／微神／茶馆
　　【注】［Ⅱ－108］の新装版。

135.『老舍散文集』［中外精美散文］刘泽学主编
　　＊2004年12月　　人民日报出版社（北京）
　　→2006年7月第2版
　　A5版　　248页　　5001(5000-10000)册　　13.80元
　　◆编者的话1页／目录4页‖第一辑　一些印象；书／趵突泉的欣赏／大明湖之春／青蓉略记／取钱／四位先生／习惯／一些印象／小型的复活（自传之一章）／宗月大师／抬头见喜／还想着它／又是一年芳草绿／春风／小动物们／小动物们（鸽）续　第二辑　五月的青岛；何容何许人也／青岛与山大／想北平／英国人／我的几个房东／五月的青岛／吊济南／一封信／诗人／敬悼许地山先生／我所认识的沫若先生／我的母亲／北京的春节／悼念罗常培先生／猫／内蒙风光（节选）／到了济南／药集　第三辑　落花生；夏之一周间／一天／当幽默变成油抹／吃莲花的／买彩票／有声电影／科学救命／新年的二重性格／新年醉话／观画记／大发议论／考而不死是为神／小病／神的游戏／避暑／落花生／有钱最好／西红柿／檀香扇／青岛与我／钢笔与粉笔／鬼与狐／代语堂先生拟美宣传大纲／相片／婆婆话

2005年

136. 『老舍小说集』［文学大师经典短萃］方未选编
　　2005年1月　中国社会出版社（北京）
　　A5版　400页　22.00元
　　封面题词：舒乙

　→2005年11月第3次印刷
　　◆方未：编者前言2页／目录2页‖开市大吉／月牙儿／断魂枪／我这一辈子／热包子／大悲寺外／马裤先生／歪毛儿／柳家大院／黑白李／铁牛和病鸭／也是三角／上任／牺牲／老字号／听来的故事／东西／牛老爷的痰盂／一封家信／且说屋里／兔／不成问题的问题／恋／沈二哥加了薪水／善人／同盟／微神

137. 『老舍小品集』［文学大师经典短萃］方未选编
　　2005年1月　中国社会出版社（北京）
　　A5版　354页　20.00元
　　封面题词：舒乙

　→2005年3月第2次印刷
　　◆编者前言2页／舒乙：老舍的爱好（代序）5页／目录5页‖画像／《天书代存》序／观画记／考而不死是为神／落花生／小病／神的游戏／《牛天赐传》广告／避暑／暑中杂谈二则／《赶集》序／老舍的创作／又是一年芳草绿／歇夏（也可以叫做"放青"）／"完了"／今年的希望／大智若愚／入城／在火车上／闲谈／文艺学徒／猫／乍看舞剑忙提笔／春联／可喜的寂寞／答客问／文艺与木匠／我是"听用"！／筷子／假若我有那么一箱子画／割盲肠记／我呢？／别忙／成绩欠佳,收入更欠佳／文牛／英国人／投稿／《西风》周岁纪念／小型的复活／话剧中的表情／生日／独白／在民国卅年元旦写出我自己的希望／诗人／外行话／归自北平／搬家／在青岛青年会的演讲／AB与C／旅行／一些印象／更大一些的想像／济南的药集／夏之一周间／耍猴／祭子路之岳母文／济南专电（慢电代邮）／广智院／致黎烈文／一天／估衣／昼寝的风潮／慢电代邮／不食无劳／真正的学校旧刊／天下太平／路与车／不远千里而来／吃莲花的／辞工／买彩票／致友人书／写信／有声电影／打倒近视

96

／科学救命／致赵景深／特大的新年／新年的二重性格／个人计划／自传难写／抬头见喜／大发议论／写字／读书／有钱最好／忙／西红柿／暑避／檀香扇／青岛与我／立秋后／钢笔与粉笔／代语堂先生拟赴美宣传大纲／相片／婆婆话／闲话番表／我的理想家庭／有了小孩以后／文艺副产品／理想的文学月刊／英国人与猫狗／为于志恭题词／兔儿爷／短景／在乡下／母鸡／四位先生／"住"的梦／多鼠斋杂谈／话剧观众须知二十则／梦想的文艺／跋：谈幽默

138.『老舍散文』[中国二十世纪散文精品]傅光明编选
2005年1月　太白文艺出版社（西安）
A5版　283页　5000册　16.00元
◆目录3页‖一些印象（节选）／非正式的公园／趵突泉的欣赏／抬头见喜／还想着它／又是一年芳草绿／春风／小动物们／小动物们（鸽）续／青岛与山大／想北平／英国人／我的几个房东／大明湖之春／东方学院／无题（因为没有故事）／五月的青岛／吊济南／一封信／宗月大师／诗人／敬悼许地山先生／滇行短记／青蓉略记／我的母亲／北京的春节／猫／到了济南／一天／当幽默变成油抹／新年醉话／大发议论／考而不死是为神／神的游戏／避暑／习惯／取钱／写字／读书／有钱最好／西红柿／鬼与狐／代语堂先生拟美宣传大纲／相片／婆婆话／我的理想家庭／有了小孩以后／多鼠斋杂谈／谈幽默／事实的运用／言语与风格／"幽默"的危险／未成熟的谷粒／我的"话"／文艺与木匠／怎样读小说／文牛

139.『骆驼祥子』[中国文库・文学类・]
2005年1月　人民文学出版社（北京）
A5版　224页　4500册　12.00元
◆作者像1页／中国文库出版前言2页／中国文库第二辑编辑委员会2页‖骆驼祥子

140.『骆驼祥子』[新经典文库120大师名作坊]吴福辉选编
*2005年5月第1版

2005年8月第2次印刷　天津人民出版社（天津）

　　B5版　390　25.00元

　→2007年10月第5次印刷

　　◆图版1页／目录1页‖骆驼祥子／离婚

141.『茶馆』［新经典文库121大师名作坊］吴福辉选编

　　＊2005年5月第1版

　　2005年8月第2次印刷　天津人民出版社（天津）

　　B5版　406页　25.00元

　　◆图版1页／目录2页／吴福辉：导言6页‖话剧卷；茶馆　小说卷；正红旗下／我这一辈子／月牙儿／微神／上任／老字号／断魂枪　散文卷；想北平／北京的春节／大明湖之春／一些印象（节选）／可爱的成都／宗月大师／无题（因为没有故事）／我的母亲／四位先生／小麻雀／母鸡／养花／小病／取钱／讨论

142.『断魂枪』［感悟名家经典小说］傅光明主编

　　2005年7月　京华出版社（北京）

　　B5版　310页　6000册　24.80元

　　◆关于作者1页／傅光明：感悟经典2页／目录1页‖马裤先生／大悲寺外／微神／开市大吉／柳家大院／抱孙／黑白李／牺牲／生灭／月牙儿／老字号／善人／断魂枪／新时代的旧悲剧／新韩穆烈德／且说屋里／我这一辈子／小人物自述／人同此心／不成问题的问题

　⇒［Ⅱ－148］

143.『想北平』［感悟名家经典散文］傅光明主编

　　2005年7月　京华出版社（北京）

　　B5版　308页　6000册　24.80元

　　◆关于作者1页／傅光明：感悟经典2页／目录4页‖想北平；一些印象（四、五、六、七）／非正式的公园（济南通信）／趵突泉的欣赏（济南通信）／小麻雀／头一天／记涤洲／还想着它／哭白涤洲／小动物们／小动物们（鸽）续／春风／何容何许人也／青岛与山大／想北平／英国人／我的几个房东／东方学院／无题

（因为没有故事）／五月的青岛／三个月来的济南／吊济南／入会誓词／新气象新气度新生活／鲁迅先生逝世两周年纪念／宗月大师／自述／滇行短记／我所认识的沫若先生／青蓉略记／述志／我的母亲／八方风雨／北京的春节／毛主席给我了我新的文艺生命／悼念罗常培先生　自由和作家；我怎样写《老张的哲学》／我怎样写《赵子曰》／我怎样写《二马》／我怎样写《小坡的生日》／我怎样写《大明湖》／我怎样写《猫城记》／我怎样写《离婚》／我怎样写短篇小说／我怎样写《牛天赐传》／我怎样写《骆驼祥子》／谈幽默／论创作／滑稽小说／一个近代最伟大的境界与人格的创造者／事实的运用／言语与风格／"幽默"的危险／大时代与写家／未成熟的谷粒／三年写作自述／灵的文学与佛教／诗人／我的话／怎样写小说／《神曲》／文艺与木匠／怎样读小说／《老舍选集》自序／什么是幽默／谈讽刺／自由和作家／论悲剧／创作的自由

⇒［Ⅱ－149］

144.『大智若愚』［大家散文文存三辑］孙洁 编
　　2005年9月　　凤凰出版传媒集团・江苏文艺出版社（南京）
　　A5版　　315页　　20.00元
　◆目录4页‖辑一　英伦回忆；旅行／头一天／英国人／我的几个房东——伦敦回忆之二／东方学院——留英回忆之三　辑二　山东印象；一些印象／非正式的公园（济南通信）／趵突泉的印象（济南通信）／小麻雀／春风／小动物们／小动物们（鸽）续／想北平／大明湖之春／五月的青岛　辑三　幽默短章；自传难写／考而不死是为神／小病／暑中杂谈二则／读书／落花生／忙／鬼与狐／习惯　辑四　老牛破车；我怎样写《老张的哲学》／我怎样写《赵子曰》／我怎样写《二马》／我怎样写《小坡的生日》／我怎样写《离婚》／我怎样写《牛天赐传》／我怎样写《骆驼祥子》　辑五　风雨故园；抬头见喜／我的理想家庭／有了小孩以后／文艺副产品——孩子们的事情／无题（因为没有故事）／小型的复活（自传之一章）／生日／家书一封／我的母亲／讣告　辑六　国难声里；入会誓词／歌声／"五四"之夜／未成熟的谷粒／诗人／在乡下／母鸡／文艺与木匠／旧

诗与贫血／多鼠斋杂谈／"住"的梦／八方风雨／大智若愚 辑七 师友杂记；记涤洲／哭白涤洲／何容何许人也／代语堂先生拟赴美宣传大纲／宗月大师／去年今日／敬悼许地山先生／悼赵玉三司机师／吴组缃先生的猪／马宗融先生的时间观念／姚蓬子先生的砚台／何容先生的戒烟／一点点认识／悼念罗常培先生／敬悼郝寿臣老先生 辑八 暮年随笔；北京的春节／养花／贺年／猫／春联／记忆犹新‖附录：拟编辑《乡土志》序／孙洁：编后记312-315

※［编后记］：本书分八辑，大致依作品面世时代为序排列，或有出入，以每辑的大旨为准。各辑题意已很显豁，不再一一说明。但要说明以下几点：一、附录的《拟编辑〈乡土志〉》是老舍读中学时写的文言散文，遣词命句固然略显生涩，亦可见出少年书生的聪敏、勤奋和热诚。二、"老牛破车"部分并未将老舍的创作经验集《老牛破车》照本全录，这是因为其中部分篇目理论性过强，有违这套丛书的"美文"原则；部分篇目涉及的作品（如《剑北篇》、抗战时期的话剧）略显生僻，故裁去。三、熟悉老舍的读者可能会问为什么没有收《草原》这一尽人皆知的名篇。回答是：《草原》这篇万字长文有着非常严重的时代缺陷，如果用，只能删节；但无论从去伪存真还是欣赏品鉴的角度，我都是排斥删节本的——无法妥协，于是只能去掉。四、本书收录的每篇散文都依照张桂兴老师的《〈老舍全集〉补正》（北京：中国国际广播出版社，二〇〇一年）作了校正，在订正的过程当中，着实为老舍研究在史料上的阙失惊出一阵阵冷汗，在此也要深深地向张老师致谢和致敬。

145.『多鼠斋杂谈』

2005年10月　京华出版社（北京）

B5版　288页　8000册　24.80元

【注】「老舍幽默散文集」。

◆目录4页‖一些印象（一、二、三）／更大一些的想像（济南通信）／济南的药集（济南通信）／夏之一周间／耍猴（济南通信）／祭子路岳母文／济南专电（慢电代邮）／广智院（济南通信）／关于个人生活的梦想／一天／估衣（济南通信）／昼寝的风潮／

为被拒迁入使馆区八百余人上外交总长文／慢电代邮／当幽默变成油抹／不食无劳／真正的学校日刊／天下太平／路与车（济南通信）／慰劳／吃莲花的／买彩票／写信／打倒近视／科学救命／特大的新年／新年醉话／新年的二重性格／个人计划／自传难写／抬头见喜／大发议论／观画记／《老舍幽默诗文集》序／考而不死是为神／小病／神的游戏／《牛天赐传》广告／避暑／暑中杂谈二则／习惯／取钱／写字／读书／落花生／有钱最好／又是一年芳草绿／谈教育／忙／西红柿／歇夏（也可以叫做"放青"）／再谈西红柿／暑避／檀香扇／青岛与我／立秋后／等暑／"完了"／钢笔与粉笔／新年试笔／我的暑假／鬼与狐／代语堂先生拟赴美宣传大纲／相片／婆婆话／闲话／我的理想家庭／有了小孩以后／归自北平／搬家／在青岛青年会的演讲／大明湖之春／文艺副产品／投稿／理想的文学月刊／英国人与猫狗／《西风》周岁纪念／小型的复活（自传之一章）／兔儿爷／短景／在民国卅年元旦写出我自己的希望／外行话／别忙／病／话剧观众须知二十则／在乡下／母鸡／三位先生／"七七"抗战五周年纪念／文艺与木匠／我是"听用"！／筷子／假若我有那么一箱子画／割盲肠记／"住"的梦／多鼠斋杂谈／文牛／梦想的文艺／今年的希望／大智若愚／入城／在火车上／闲谈／文艺学徒／猫／我怎样投稿／春联 ‖ 跋；傅光明：从老舍之死看老舍的幽默与悲剧意识267-288

2006年

146.『断魂枪 —— 老舍小说』舒雨选编
2006年1月　浙江文艺出版社（杭州）
B5版　280页　16000册　25.00元
◆ 编辑缘起1页／目录1页 ‖ 骆驼祥子／月牙儿／我这一辈子／断魂枪／微神／马裤先生

147.『倾听老舍 —— 又是一年芳草绿』
2006年1月第2版　B5版　229页　8000册　25.00元（内附光盘）
【注】[Ⅱ－111]の修訂本。

◆目录4页‖叙事抒情；一些印象（节选）／非正式的公园／*趵突泉的欣赏／*小麻雀／*落花生／春风／小动物们／小动物们（鸽）续／又是一年芳草绿／青岛与山大／想北平／忙／无题（因为没有故事）／*五月的青岛／母鸡／猫／生日／五四之夜／青蓉略记／多鼠斋杂谈／北京的春节／我热爱新北京／*春来忆广州／*内蒙风光（节选）／养花 幽默文萃；谈幽默／到了济南／药集／一天／狗之晨／当幽默变成油沫／辞工／吃莲花的／有声电影／考而不死是为神／小病／习惯／取钱／婆婆话／立秋后／我的理想家庭／有了小孩以后／大明湖之春／文艺副产品——孩子们的事情／兔儿爷／四位先生／"住"的梦 怀人与自述；自传难写／述志／小型的复活（自传之一章）／抬头见喜／我的几个房东／宗月大师／敬悼许地山先生／我的母亲 谈读书；读书／我的"话"／写与读／古为今用／谈读书／文章别怕改／别怕动笔／文牛‖（*朗诵篇目）

148.『断魂枪』[感悟名家经典小说]傅光明主编
2006年3月第2版　京华出版社（北京）
A5版　334页　5000册　39.80元
【注】[Ⅱ-142]の新装版。
◆关于作者1页／傅光明：感悟经典3页／目录1页‖马裤先生／大悲寺外／微神／开市大吉／柳家大院／抱孙／黑白李／牺牲／生灭／月牙儿／老字号／善人／断魂枪／新时代的旧悲剧／新韩穆烈德／且说屋里／我这一辈子／小人物自述／人同此心／不成问题的问题

149.『想北平』[感悟名家经典散文]傅光明主编
2006年3月第2版　京华出版社（北京）
A5版　318页　5000册　39.80元
◆关于作者1页／傅光明：感悟经典3页／目录3页‖
【注】[Ⅱ-143]の新装版。

150.『老舍集』[大家小集]傅光明编注
2006年6月　花城出版社（广州）

A5版　440页　24.00元

◆图版8页／出版说明1页／目录2页‖一些印象(节选)／**微神**／柳家大院／**黑白李**／柳屯的／又是一年芳草绿／小动物们／春风／**月牙儿**／老字号／小动物们（鸽）续／**断魂枪**／何容何许人也／想北平／谈幽默／英国人／我的理想家庭／有了小孩以后／我的几个房东／大明湖之春／东方学院／"幽默"的危险／无题（因为没有故事）／五月的青岛／我这一辈子／小人物自述／吊济南／宗月大师／诗人／我的"话"／敬悼许地山先生／滇行短记／我的母亲／"住"的梦／多鼠斋杂谈／文牛／**正红旗下**

151. 『**老舍小说・散文**』［学生版・名家精品阅读之旅］
    2006年6月第2版　吉林文史出版社（长春）
    B5版　249页　6080册　20.00元
    【注】［Ⅱ－126］の新装版。

152. 『**老舍精选集**』［世纪文学60集］
    2006年7月　北京燕山出版社（北京）
    B5　312页　22.00元
    ◆图版2页／出版前言2页／"世纪文学60家"评选结果1页／目录1页／泰弓：老舍：笑与泪8页‖小说编；**骆驼祥子**／我这一辈子／**正红旗下**(未完)／月牙儿／**断魂枪**　话剧编；**茶馆**‖泰弓：创作要目309-312
    【注】「本书目由**陈骏涛**选定」。

153. 『**月牙儿**』［现代小说经典丛书］
    2006年12月　江苏文艺出版社（南京）
    B5版　321页　19.00元
    ◆目录2页‖狗之晨／马裤先生／大悲寺外／**微神**／歪毛儿／开始大吉／柳家大院／抱孙／**黑白李**／眼镜／也是三角／月牙儿／抓药／上任／柳屯的／裕兴池里／老字号／听来的故事／丁／**断魂枪**／哀启／新时代的旧悲剧／新爱弥耳／"火"车／我这一辈子／八太爷

2007年

154. 『抬头见喜 —— 老舍散文』[名典书坊] 傅光明 编
   2007年4月　浙江文艺出版社(杭州)
   B5版　281页　10000册　25.00元
   ◆ 编辑缘起1页／目录3页‖非正式的公园／趵突泉的欣赏／抬头见喜／还想着它／又是一年芳草绿／春风／小动物们／小动物们(鸽)续／何容何许人也／青岛与山大／想北平／英国人／我的几个房东／大明湖之春／东方学院／无题(因为没有故事)／五月的青岛／吊济南／一封信／宗月大师／诗人／敬悼许地山先生／滇行短记／我所认识的沫若先生／青蓉略记／我的母亲／北京的春节／悼念罗常培先生／猫／到了济南／药集／夏之一周间／一天／当幽默变成油沫／吃莲花的／买彩票／有声电影／科学救命／新年的二重性格／新年醉话／观画记／大发议论／考而不死是为神／小病／神的游戏／避暑／习惯／取钱／画像／写字／读书／落花生／有钱最好／西红柿／檀香扇／青岛与我／钢笔与粉笔／代语堂先生拟赴美宣传大纲／相片／婆婆话／我的理想家庭／有了小孩以后／搬家／文艺副产品／兔儿爷／四位先生／多鼠斋杂谈／梦想的文艺／"住"的梦／谈幽默／事实的运用／"幽默"的危险／鲁迅先生逝世两周年纪念／未成熟的谷粒／我的"话"／文艺与木匠／怎样读小说／文牛

155. 『老舍小说精选』[世界少年文学经典文库]
   *2007年7月　浙江少年儿童出版社(杭州)
   →2008年3月第3次印刷
   A5版　341页　5030(19231-24260)册　14.00元
   插图:洪万里　陆红云　严晓艳　丁诚
   ◆ 图版4页／前言4页／目录1页‖骆驼祥子／柳家大院／马裤先生／上任／断魂枪

2008年

Ⅱ．単行本

156. 『**老舍散文**』［中国现代散文经典文库］王怡然 选编
2008年4月　山西出版集团・北岳文艺出版社（太原）
B5版　187页　3000册　20.00元

◆目录2页‖一些印象（一、二、三）／一些印象（四、五、六、七）／非正式的公园／趵突泉的欣赏／抬头见喜／大发议论／神的游戏／习惯／又是一年芳草绿／春风／小动物们／小动物们（鸽）续／想北平／鬼与狐／代语堂先生拟赴美宣传大纲／谈幽默／英国人／事实的运用／我的理想家庭／言语与风格／我的几个房东／大明湖之春／东方学院／无题（因为没有故事）／五月的青岛／吊济南／一封信／宗月大师／略谈人物描写／诗人／我的"话"／敬悼许地山先生／滇行短记／献曝／形式・内容・文字／文艺与木匠／青蓉略记／怎样读小说／我的母亲／三言两语／多鼠斋杂谈／北京的春节／猫

157. 『**老舍经典作品选**』
2008年6月　京华出版社（北京）
B5版　258页　29.80元

◆出版说明1页／目录2页‖小说；大悲寺外／微神／柳家大院／黑白李／上任／月牙儿／老字号／断魂枪／我这一辈子／不成问题的问题　散文；趵突泉的欣赏／有声电影／抬头见喜／观画记／小麻雀／小动物们／春风／何容何许人也／想北平／英国人／有了小孩以后／搬家／大明湖之春／东方学院／宗月大师／诗人／自述／敬悼许地山先生／我的母亲／文牛／北京的春节／猫

※［出版说明］：本书精选老舍于1932年至1959年所创作的具有代表性的小说、散文作品。

Ⅲ．復刻本

『中国现代文学大师名作珍本复刻丛书第一辑』
　中国现代文学馆主编
　1995年10月　　敦煌文艺出版社（兰州）
　　【注1】第一辑编委会；策划：舒乙、刘耀东、应智／主编：舒乙／
　　　　　副编：刘耀东／编委：舒乙、刘耀东、法兰、吴福辉、应智、
　　　　　李保军、马林楠
　　【注2】第一辑书目；巴金：《灭亡》《忆》《第四病室》／老舍：
　　　　　《猫城记》《小坡的生日》《赶集》／冰心：《繁星》
　　　　　《冬儿姑娘》《冰心小说集》

　一1．『赶集』
　　　　B6版　　2000册　　118.00元
　　　【注】1934年9月20日、上海良友圖書印刷公司

　一2．『小坡的生日』
　　　　110×168　　2000册　　88.00元
　　　【注】中華民國23年7月、生活書店［創作文庫］

　一3．『貓城記』
　　　　B6版　　2000册　　66.00元
　　　【注】1933年8月20日、現代書局

Ⅳ. 課外読本

1. 『中外十大名篇（初中版）』
    贺敬美主编
    2000年10月　延边人民出版社（延吉）
    A5版　486页　5000套　（本卷建议售价）14.00元
    ◆《中外十大名著》编写委员会1页／**贺敬美**：前言2页／目录3页‖骆驼祥子1-228／（冰心）繁星・春水／（鲁迅）朝花夕拾‖
    【注】「教育部《中学语文教学大纲》指定书目　初中生课外文学名著必读」。

2. 『老舍小说选』
    *2000年12月
    →2001年7月第3次印刷　浙江文艺出版社（杭州）
    A5版　224页　9.60元
    【注】「教育部《中学语文教学大纲》指定书目」。
    ◆出版说明1页／目录1页‖骆驼祥子1-197／**月牙儿**199-224
    →2003年9月第6次印刷　［语文新课标必读丛书］
    【注】「教育部《全日制义务教育语文课程标准》指定书目」。
    ⇒［Ⅴ－10］

3. 『骆驼祥子』［"中学生课外文学名著必读"丛书］
    2001年4月第11次印刷　人民文学出版社（北京）
    A5版　224页　20000（350001-370000）册　9.80元
    【注】「教育部《中学语文教学大纲》指定书目」。
    ◆丛书出版说明1页／人民文学出版社编辑部：导读4页‖
    骆驼祥子1-224

4. 『骆驼祥子』［大学生必读］
    2002年1月　人民文学出版社（北京）
    A5版　224页　10000册　11.80元
    →2002年4月　北京第2次　5000（10001-15000）册

107

◆丛书出版说明1页‖**骆驼祥子**
【注】「教育部全国高等学校中文学科教学指导委员会指定书目」。

5.『茶馆』［大学生必读］
　　2002年1月　人民文学出版社（北京）
　　A5版　142页　10000册　9.80元
　→2003年1月北京第3次印刷　5000(15001-20000)册
　　◆丛书出版说明1页／目次1页‖**茶馆**／附录：**龙须沟**
　　【注】「教育部全国高等学校中文学科教学指导委员会指定书目」。

6.『茶馆』［语文新课标必读丛书］
　　*2003年5月
　→2003年6月第2次印刷　人民文学出版社（北京）
　　A5版　67页　40000(80001-120000)册　6.00元
　　◆丛书出版说明1页／人民文学出版社编辑部：导读4页‖人物
1-3／**茶馆**4-64／附录（幕前快板）65-67
　　【注】「教育部《全日制义务教育语文课程标准》指定书目」。
　→2006年6月修订版第1次印刷　人民文学出版社（北京）
　　A5版　100000册　6.00元
　　【注】「教育部《全日制义务教育语文课程标准》推荐书目　高中部分」。
　→2008年6月增订本　80000册　8.00元

7.『骆驼祥子』［语文新课标必读丛书］
　　*2003年5月
　→2003年6月第2次印刷　人民文学出版社（北京）
　　A5版　224页　40000(100001-140000)册　9.80元
　　◆丛书出版说明1页／人民文学出版社编辑部：导读4页‖
　　骆驼祥子　1－224
　　【注】「教育部《全日制义务教育语文课程标准》指定书目」。
　→2006年6月修订版第1次印刷　人民文学出版社（北京）
　　A5版　300000册　11.00元
　　2007年6月修订版第2次印刷　80000(300001-380000)册
　　11.00元

【注】「教育部《全日制义务教育语文课程标准》推荐书目 初中部分」。
→2008年6月增订本　250000册　14.00元

8.『骆驼祥子　我这一辈子』［老舍经典作品选（一）］
2003年9月　人民教育出版社（北京）・当代世界出版社（北京）
A5版　278页　10.00元
◆出版说明2页／导读3页／目录1页‖骆驼祥子／月牙儿／
我这一辈子
【注】「语文新课标必读丛书」・「教育部《全日制义务教育语文课程
　　　标准》指定书目」。

9.『茶馆　离婚』［老舍经典作品选（一）］
2003年9月　人民教育出版社（北京）・当代世界出版社（北京）
A5版　270页　11.00元
◆出版说明2页／导读3页／目录1页‖茶馆／离婚／微神
【注】「语文新课标必读丛书」・「教育部《普通高中语文课程标准》
　　　指定书目」。

10.『老舍文萃』［语文新课标文化艺术阅读丛书］傅光明・郑实编
2004年1月　文化艺术出版社（北京）
A5版　265页　12.50元
◆月牙儿／柳家大院／抱孙／老字号／新韩穆烈德／断魂枪
／恋／我这一辈子／正红旗下

11.『骆驼祥子・断魂枪』［教育部新课标必读］本社编
2004年1月　漓江出版社（桂林）
A5版　330页　10000册　13.00元
◆出版说明1页／图版4页／目录1页‖长篇小说；骆驼祥子
中篇小说；月牙儿　短篇小说；小铃儿／马裤先生／也是三
角／善人／断魂枪／不说谎的人

12.『茶馆・宝船』［教育部新课标必读］本社编
2004年1月　漓江出版社（桂林）

A5版　　136页　　6000册　　8.00元

◆图版24页／目录2页／导读:**舒已**:关于老舍的《茶馆》（代序）4页‖**茶馆**1(3)-66／附录一:幕间快板书67-70／附录二:《茶馆》前本《**秦氏三兄弟**》第一幕第二场71-81／**宝船**83(85)-121‖附录:笔谈《茶馆》／**舒已**:从手稿《茶馆》剧本的创作122-128／**于是之**:谈《茶馆》129-136

13.『**老舍作品选读**』［高中语文选修课程资源系列］**吴中杰**编选
　　2005年3月　　人民文学出版社（北京）
　　A5版　　367页　　10000册　　22.00元
　　◆高中语文选修课程资源系列编委会1页／北京师范大学中国语文与海外华文教育研究中心:编者的话7页／目录1页／**李颖哲**编写:课程设计32页‖**我这一辈子**／**月牙儿**／**正红旗下**／**微神**／**柳家大院**／**上任**／**断魂枪**／**骆驼祥子**(节选)／**茶馆**

14.『**骆驼祥子**』［学生课外必备丛书］**张庆洋**编著
　　2006年1月　　内蒙古人民出版社（呼和浩特）
　　A5版　　218页　　10.00元　　5000册
　　◆前言2页／目录2页‖**骆驼祥子**

15.『**骆驼祥子**』
　　2006年7月　　北京燕山出版社（北京）
　→2006年9月第2次印刷　　A5版　　219页　　10.00元
　　◆目录1页／序言2页‖**骆驼祥子**／**月牙儿**
　　【注】「教育部《语文课程标准》指定书目（插图版）」。

16.『**老舍散文集**』［中外经典阅读］
　　2007年2月　　人民日报出版社（北京）
　　A5版　　218页　　5000册　　12.80元
　　【注】「语文新课标必读」。
　　◆前言2页／目录2页‖**当幽默变成油沫**／**吃莲花的**／**买彩票**／**写信**／**自传难写**／**大发议论**／**《老舍幽默诗文集》序**／**敬悼许地山先生**／**考而不死是为神**／**小病**／**习惯**／**取钱**／**写字**／**读书**

110

／落花生／有钱最好／鬼与狐／婆婆话／在民国卅年元旦写出我自己的希望／"住"的梦／看画／连环图画／未成熟的谷粒／又是一年芳草绿／忙／不要饿死剧作家／大力推广普通话／鲁迅先生逝世两周年纪念／投稿／话剧观众须知二十则／论新诗／文艺与木匠／没有"戏"／青年与文艺／文艺学徒／致藏克家／文牛／抬头见喜／这几个月的生活／致××兄／入会誓词／轰炸／生日／自述／自谴／成绩欠佳，收入更欠佳／家书／割盲肠记／旧诗与贫血／"四大皆空"／生活自述／假若我有那么一箱子画／八方风雨／大明湖之春／青蓉略记／四位先生／五月的青岛／宗月大师‖老舍生平及作品199-218

Ⅴ．賞析・輯注・解読・導読本

1. 『**老舎短篇小説欣赏**』［中国现代作家作品欣赏丛书］陈孝全著
   1987年3月　广西教育出版社（南宁）
   A5版　245页　5000册　1.40元
   ◆目录2页／姚雪垠:《中国现代作家作品欣赏丛书》序2页／编辑凡例2页‖老舍的短篇小说1-9／**开始大吉**／真哭真笑显真情 ——《开始大吉》赏析／**马裤先生**／寓庄于谐的漫画 ——《马裤先生》赏析／**微神**／凄哀的梦　难忘的情 ——《微神》赏析／**柳家大院**／寓意深刻的社会悲剧 ——《柳家大院》赏析／**黑白李**／别具一格的"革命文学"作品 ——《黑白李》赏析／**上任**／深入的题材开掘　精细的心理分析 ——《上任》赏析／**善人**／"轻搔新人物的痒痒肉" ——《善人》赏析／**老字号**／深刻的主题　灵巧的构思 ——《老字号》赏析／**断魂枪**／深邃的思想内容　精湛的艺术技巧 ——《断魂枪》赏析／**月牙儿**／催人泪下的一弯月牙　令人神往的一弯月牙 ——《月牙儿》赏析‖老舍年表225-245
   【注】台湾版あり。『老舍』［中國新文學大師名作賞析叢書3］（海風出版社有限公司、1994年3月5版、292页、200元）。

2. 『**老舍读本**』［中学生文库］万平近选编
   1989年5月　上海教育出版社（上海）
   B6版　412页　8200册　3.30元
   ◆目录4页‖杰出的现实主义作家老舍1-22／短篇、中篇小说；**马裤先生**／**微神**／**柳家大院**／**黑白李**／**月牙儿**／笑这出奇不公平的世界 ——《我这一辈子》选读／农场主人 ——《不成问题的问题》选读　长篇小说；张大哥的"心病" ——《离婚》选读／天官赐福 ——《牛天赐传》选读之一／子孙万代 ——《牛天赐传》选读之二／到乡间去 ——《牛天赐传》选读之三／祥子与骆驼 ——《骆驼祥子》选读之一／雨，下落在一个没有公道的世界上 ——《骆驼祥子》选读之二／危难即将来到 ——《四世同堂》选读之一／中秋前后 ——《四世同堂》选读之一／丑恶的灵魂 ——

《四世同堂》选读之三／从我降生时说起——《正红旗下》选读之一　话剧；从黑夜到天明——《龙须沟》选场／"大清国要完"——《茶馆》选场　速写、散文及其他；一天／**有声电影**／**我热爱新北京**／**北京的春节**／**养花**／**八九十枝花**／**对话浅论**／**《红楼梦》并不是梦**‖后记412

※［后记］：这本《老舍读本》是为了帮助青年读者学习老舍作品而编选的。本书择要选篇老舍在各个时期用各种形式写的代表作品，并加以简要的分析，以帮助青年读者理解老舍作品的内容和特色。每篇简析各有不同的侧重点，不求面面俱到。长篇作品（包括小说、戏剧）只节选个别章节或场次。中篇小说选入个别作品，其他也节选。选文语词一般不加注释。原作曾加注的仍保留。

3. 『**老舍幽默散文赏析**』［现代作家幽默散文系列］**唐源**编
   1994年5月　　漓江出版社（广西）
   115×185　　191页　　6000册　　4.95元
   ◆《老舍自传》1页／目录3页／老舍的幽默艺术与幽默小品18页‖**讨论**；"三翻四抖"引人入胜／**夏之一周间**；日常生活铺叙中的语言幽默／**昼寝的风潮**；在"古"与"今"、"雅"与"俗"的碰撞中／**狗之晨**；寓言体世相讽喻　拟人化心灵探寻／**新年的二重性格**；警辟的议论　出奇的联想／**抬头见喜**；惨淡人生描写中含泪的笑／**自传难写**；俚俗语言生谐趣　反语自嘲成反讽／**大发议论**；汪洋恣肆　笑料丛生／**考而不死是为神**；机锋毕露的夸大陈述／**习惯**；生活的智慧　诙谐的笔墨／**取钱**；反语表达中的反讽效果／**写字**；启悟灵心的"自嘲"／**《天书代存》序**；以假当真　园巧俏皮／**代语堂先生拟赴美宣传大纲**；穿戴古衣冠的"东方哲人"／**婆婆话**；家长里短"婆婆话"妙趣横生"谈话风"／**番表**——在火车上；在细节写实中刻画的喜剧形象／**AB与C**；诙谐幽默的创作经验谈／**大明湖之春**；写"春"的失落是对"春"的呼唤／**马宗融先生的时间观念**；寓褒于贬　寓谐于庄／**狗**；思想明敏　语言泼辣

4. 『**老舍旧体诗辑注**』**张桂兴**编注
   1994年6月　　中国矿业大学出版社（徐州）

332(＋19)页　2000册　12.00元（平）　*18.00元（精）

题字：**胡絜青**

◆图版4页／目录11页‖旧体诗122题273首及注释／附录：老舍论诗256-326；**臧克家的《烙印》**／对于抗战诗歌的意见——在诗歌座谈会上的发言／致友人函／怎样学诗／论新诗／诗人／诗人节献词／《剑北篇》序／谈诗——在文华图书馆专校演词／《神曲》／旧诗与贫血／鼓词与新诗／在诗歌朗诵座谈会上的发言／诗与快板／谈诗／读诗／比喻／我们的国家是诗的国家／兄弟民族的诗风歌雨／读了《娥并与桑洛》／诗与创造／**读诗感言**／学一点诗词歌赋‖编后记327-332‖补遗19页；早年诗作5首

※〔编后记〕：《老舍旧体诗辑注》和《老舍年谱》〔☆(上、下)、上海文艺出版社、1997年12月〕是姊妹篇，是由笔者同步进行编著、并且是同时完成初稿的。／本书的编注过程是这样的：笔者在收集、整理老舍资料的过程中，发现老舍一生中除写作了大量的小说、戏剧、散文之外，还写下了不少诗歌。正如**胡絜青**先生在《〈老舍诗选〉前言》中所说的："老舍爱诗，也爱写诗"，"他写新诗，也写旧体诗"。这些旧体诗除《老舍诗选》（九龙狮子会1980年12月印行）和《老舍文集》第13卷（人民文学出版社1988年7月北京第1版）收录100余首之外，其余大部分从未结集，更谈不到加以注释了。且《老舍诗选》目前在国内不太容易找到，这对于老舍研究自然是很受影响的。为此，笔者便在编撰《老舍年谱》的同时也开始了《老舍旧体诗辑注》的辑录和注释工作。／鉴于以上情况，笔者只好将所收集到的老舍旧体诗辑录成集，请老舍长女**舒济**同志审订。**舒济**同志审订完书稿后，又向笔者提供了11首老舍遗诗。这样，使本书所收录的老舍旧体诗达122题273首。**舒济**同志认为：《老舍旧体诗辑注》是继《老舍诗选》和《老舍文集》第13卷之后，目前收集最全的一本老舍旧体诗集，已发现的老舍旧体诗已经全部收录进去。**舒济**同志因来不及写《序》，便让笔者将她的这些意见务必写进"编后记"，笔者也只好"恭敬不如从命了"。／此外，笔者还将老舍解放前后有关论诗的23篇文章和讲话稿

V. 賞析・輯注・解読・導読本

作为附录收入本书，以便于读者既能看到老舍的诗作，又能了解老舍的诗歌主张。两相对照，会进一步加深对老舍诗作的理解。

⇒［V－6］

5. 『**老舍名作欣赏**』［名家析名著丛书］**攀骏**主编
   1996年10月　中国和平出版社（北京）
   A5版　588页　10000册　28.00元
   ◆目录3页／前言33页‖散文；**我的母亲**；舒已赏析／**宗月大师**；舒已赏析／**小型的复活**(自传之一章)；舒已赏析／**"五四"给了我什么**；舒已赏析／**养花**；舒已赏析／**猫**；舒已赏析／**想北平**；舒已赏析／**我热爱新北京**；舒已赏析／**北京的春节**；舒已赏析／**下乡简记**；关纪新赏析／**一些印象**(节录)；刘纳赏析／**五月的青岛**；刘纳赏析／**内蒙风光**(节录)；朝戈金赏析／**春来忆广州**；朝戈金赏析／**英国人**；马小弥赏析／**敬悼许地山先生**；马小弥赏析／**大地的女儿**；马小弥赏析／**马宗融先生的时间观念**；马小弥赏析／**讨论**；刘纳赏析／**新年醉话**；刘纳赏析／**婆婆话**；刘纳赏析　长篇小说；**离婚**(节录)；吴小美赏析／**骆驼祥子**(节录)；吴小美赏析／**四世同堂**(节录)；吴小美赏析／**正红旗下**(节录)；关纪新赏析　中篇小说；**月牙儿**；范亦毫赏析／**我这一辈子**(节录)；刘纳赏析　短篇小说；**大悲寺外**；苏叔阳赏析／**马裤先生**；谢昭新赏析／**微神**；赵园赏析／**开市大吉**；谢赵新赏析／**柳家大院**；谢昭新赏析／**抱孙**；谢昭新赏析／**黑白李**；谢昭新赏析／**上任**；谢昭新赏析／**柳屯的**；苏叔阳赏析／**老字号**；刘纳赏析／**断魂枪**；刘纳赏析　戏剧；**龙须沟**(节录)；于是之赏析／**茶馆**(节录)；于是之赏析‖附录:老舍作品要目579-585／老舍研究参考书目586-588
   →2007年7月第2版　B5版　302页　26.00元
   【注】初版の「老舍研究参考书目」は割愛。

6. 『**老舍旧体诗辑注**〔修订本〕』［老舍研究丛书］**张桂兴**编注
   2000年9月　中国国际广播出版社（北京）
   A5版　440页　2000册　38.80元
   ◆图版4页／目录12页／**张桂兴**:谈老舍的旧体诗创作(代序)36

页‖旧体诗150题334首及注释1-331／附录：老舍论诗332-432；诗一《文学概论讲义》第十三讲／臧克家的《烙印》／诗与散文／对于抗战诗歌的意见一在"文协"第二次诗歌座谈会上的发言／《抗战诗歌》(二辑)序／在新诗漫谈会上的发言／《剑北篇》序／《剑北篇》附录一致友人函／诗人／论新诗／怎样学诗／诗人节献词／谈诗一在文华图书馆专校演词／《神曲》／第一届诗人节／乡村杂记／旧诗与贫血／鼓词与新诗／在诗歌朗诵座谈会上的发言／诗与快板／谈诗一致臧克家／读诗／比喻／大喜事／我们的国家是诗的国家／内蒙古民歌歌唱展览／兄弟民族的诗风歌雨／读了《娥并与桑洛》／诗与创造读诗感言／看宽一点／学一点诗词歌赋‖初版本后记433-438／修订本后记439-440

※[修订本后记]：(一)《老舍旧体诗辑注》出版六年多来，又先后新发现了60多首老舍旧体诗。如果不将这些新发现的老舍旧体诗增补进去，对于一个老舍研究者来说，无疑将会成为终生的遗憾。(二)虽然在新出版的《老舍全集》中可以查阅到这些旧体诗，但由于编选体例等方面的原因，所以《老舍全集》无法将它们集中地编排在一起，致使有些旧体诗仍然夹存在原来的文章中，也有些旧体诗只能出现在老舍日记里。因而，将目前所能收集到的老舍旧体诗全部辑录起来，依然是一个很有意义的研究课题。(三)本书取名《老舍旧体诗辑注》，更恰当地体现了本书的特点，即本书不仅仅是要将老舍的旧体诗辑录起来，而且还要加以必要的注解，以帮助读者更好地理解这些旧体诗。由此，似乎更能看出本书重新修订出版的必要性。(四)本书的初版本是仓促编写和出版的，其中的疏漏也就不言而喻了。就连老舍最早创作的九首旧体诗，也是在装订之前临时作为"补遗"而附在本书最后的。从这个角度来看，重新修订出版《老舍旧体诗辑注》是更正这些讹误的最佳时机。／鉴于以上这些原因，笔者对《老舍旧体诗辑注》做了重新修订，具体增补内容如下(一)修订本所选入的老舍旧体诗，由初版本的122题273首增加到150题334首，它包括了目前所能收集到的老舍的全部旧体诗。(二)修订本对所选入的150题334首老旧体诗，一律按照写作

和发表时间的顺序重新进行了编排。(三)修订本对所收录的绝大多数老舍旧体诗和诗论,都依照原刊及手迹做了核对;同时,还根据现代汉语语法对原来的个别文字做了一些订正。(四)修订本对初版本的注释条目,均全部做了加工修改。此外,还增加了增补篇目的注释。(五)修订本中所附录的老舍论诗篇目,也由初版本的23篇增加到32篇,它囊括了目前所能收集到的老舍全部诗论。

7. 『解读老舍经典』[青少年图书馆丛书]吴义勤主编
2004年1月　花山文艺出版社(石家庄)
A5版　289页　3000册　11.00元
◆程光炜:总序4页／目录2页／吴义勤:文化启蒙与国民性批判的双重变奏7页‖散文；济南的冬天／吊济南／青岛与山大／敬悼许地山先生／想北平／大明湖之春／我的母亲／小动物们／猫／我的几个房东／鬼与狐 小说；月牙儿／且说屋里／断魂枪／铁牛和病鸭／黑白李／狗之晨／微神／小铃儿／创造病／正红旗下(节选)／骆驼祥子(节选)／四世同堂(节选) 诗歌；国葬／礼物／恋歌／鬼曲 戏剧；茶馆(节选)
【注】各作品の後に、[作品解读]を附す。

8. 『解读老舍经典 ── 茶馆的人性变奏』吴义勤主编
[青少年图书馆丛书(修订版)]
2005年6月　花山文艺出版社(石家庄)
B5版　224页　19.80元
◆青少年图书馆丛书编委会(名单)1页／程光炜:主编说明1页／程光炜:总序4页／目录2页／吴义勤:文化启蒙与国民性批判的双重变奏5页‖散文；济南的冬天／吊济南／青岛与山大／敬悼许地山先生／想北平／大明湖之春／我的母亲／小动物们／猫／我的几个房东／鬼与狐 小说；月牙儿／且说屋里／断魂枪／铁牛和病鸭／黑白李／狗之晨／微神／小铃儿／创造病／正红旗下(节选)／骆驼祥子(节选)／四世同堂(节选) 诗歌；国葬／礼物／恋歌／鬼曲 戏剧；茶馆(节选)
【注】各作品の後に、[作品解读]を附す。

9. 『骆驼祥子』［语文新课标・名著阅读书系］周海燕・刘东篱编著
   *2005年10月第2版
   →2007年1月第7次印刷　北京理工大学出版社（北京）
   　A5版　　224页　　15.00元
   　◆语文新课标・名著阅读书系丛书名单1页／来自编辑部的报告3页／语文课程标准九年义务教育各学段课外阅读的要求1页／编写说明2页／目录2页／人物关系表1页／主人公大事表1页／典型人物的典型描写1页／书路导航7页：老舍创作生涯・《骆驼祥子》的酝酿・内涵及人物分析‖骆驼祥子；附：导读・赏析・相关评价・思考题

10. 『老舍小说选』［语文新课标必读丛书（导读版）］
    2007年6月第15次印刷
    　A5版　　231页　　9.60元
    　◆出版说明2页／目录1页‖骆驼祥子1-197／月牙儿199-224‖
    　许涛撰写:《老舍小说选》导读225-231

Ⅵ. 英漢・漢英・漢法対訳本

1. 『老舎小说选（英汉对照）』［中国文学宝库・现代文学系列］
   1999年8月　中国文学出版社・外语教学与研究出版社（北京）
   A5版　329页　5000册　12.90元
   ◆目录1页／编者:大学生读书计划——中国文学宝库出版呼吁3页‖*A Vision* 微伸／*Black Li and White Li* 黑白李／*The Eyeglasses* 眼镜／*Brother You Takes Office* 上任／*The Soul-Slaying Spear* 断魂枪／*The Fire Chariot* 火车／*Crescent Moon* 月牙儿‖

2. 『茶馆 *Teahouse*（汉英对照）』［英若诚名剧译丛6，金石系列］
   老舍著　英若诚译
   1999年12月　中国对外翻译出版公司（北京）
   A5版　241页　16.00元
   ◆英若诚:序言11页／人物表 *DRAMATIS PERSON* 8页‖茶馆 *Teahouse* 1(2)-227／附录:快板书 *Appendix* 228-241‖英若诚传略2页／致谢1页
   【注】英若诚（1929—2002）
   ※［序言］:一九八〇年，北京人艺被邀请去欧洲演出《茶馆》。我第一次被迫急就章地把老舍先生的名作译成英文。／在这次翻译工作中，我确实学到了不少东西。首先,当我严肃地反复阅读了几遍我原来认为自己已经很熟悉的第一幕以后，我吃惊地发现，老舍先生不但在这里创造了一台活生生的人，而且创造了一个完整的、具体的、历史的语言环境，其中每一个人的语言都符合当时的历史条件和习惯,可以说"无一败笔"。这就需要大师的功力了。《茶馆》的第一幕明确地发生在一八九八年的北京,离开新名词大量涌进我国的"五四"运动还有二十年。哪些词句是当时流行的,而且直到今天还保持着生命力,这不只是个学术问题,而是每走一步必须解决的实践问题。我终于理解到:在开始着

手考虑"性格化"以前,先要解决的是,创造那个完整的、具体的、历史的语言环境。在十九世纪末,在当时的首善之区北京,人们到底说什么话,习惯于什么样的语汇?脱离了这个基本点,每个人物的身份、出身、经历、习惯用语,就都成了作者随手拈来的,缺少统一的、有生命的历史感。以《茶馆》为例,第一幕中,当人口贩子刘麻子听到有人议论光是进口烟草,每年就要流失大量银子时,毫不在意地说:"咱们大清国有的是金山银山,永远花不完!"这样一句简练的台词,既是人物的,又是历史的,同时又反映了很多人当年对国家盲目乐观,麻木不仁的状态。再例如第二幕中,算命的唐铁嘴吹嘘自己时说:"大英国的烟,日本的白面儿,两大强国伺候着我一个人儿,我这点儿福气还小吗?"如果不是像老舍先生那样吃透了民国初年的语汇,把这句话改成今天的语言:"英国的香烟,日本的海洛因,两个强大的国家,为我一个人服务,我岂不是很幸福吗?"这样一来,语言不但失去了"个性",也失去了当时历史的"共性"。这里,我还是提出另一个涉及到中文(汉语)在翻译工作中特殊的困难。我们都知道,语言本身存在阶级性。同时,语言又存在着强烈的时代感和地方感。这种时代感和地方感又往往能赋予语言以生命。难点就在这里。我们必须创造一个有说服力的语言环境,才能把观众带进我们所希望的境界。在翻译中这并不容易,因为有时很难找到那么现成的答案。

⇒ [Ⅵ－7]

3. 『茶馆　*TEAHOUSE*』 [经典的回声]
　　老舍著　霍华(*John Howard Gibbon*)译
　　2001年1月　外文出版社(北京)
　　A5版　235页　8000册　14.00元
　　◆出版前言 *Publisher's Note* 2页／目录 *CONTENTS* 3页‖老舍像 *The Picture of Lao She* 1／人物表 *CHARACTERS* 2-11／**茶馆** *TEAHOUSE* 12-235／附录:快板书 *Appendix* 224-235

Ⅵ．英漢・漢英・漢法対訳本

4.『二马　MR.MA & SON a Sojourn in London』〔经典的回声〕
　老舍著　*Julie Jimmerson* 译
　2001年8月　外文出版社（北京）
　A5版　589页　5000册　20.00元
　◆出版前言 *Publisher's Note* 2页‖老舍像 *The Picture of Lao She* 1／二馬 *Mr.Ma & Son* 2－589

5.『骆驼祥子　CAMEL XIANGZI』〔经典的回声〕
　老舍著　施晓菁译
　2001年9月　外文出版社（北京）
　A5版　541页　5000册　22.00元
　◆出版前言 *Publisher's Note* 2页‖老舍像 *The Picture of Lao She* 1／骆驼祥子 *CAMEL XIANGZI* 2－541

6.『茶馆　*La Maison de thé*（汉法对照）』
　＊2002年1月　外文出版社（北京）
　→2003年9月第1版第3次印刷
　　110×185　276页　3000(5001-8000)册　16.00元
　【注】訳者明記なし。
　◆目录3页‖老舍像 *Lao she* 1／人物表 *PERSONNAGES* 2-11／茶馆 *La Maison de thé* 12-273／附录：快板书262-273／*Notes* 274-276

7.『茶馆　*Teahouse*（汉英对照）』北京人民艺术剧院戏剧博物馆编
　老舍著　英若诚译
　2005年8月　中国对外翻译出版公司（北京）
　B5版　129页　10000册　35.00元
　◆图版7页／编者的话1页／目录1页／编剧的话1页／导言的话1页／译者的话1页／关于《茶馆》的评论2页‖茶馆 *Teahouse* 1(2)-119；附录：快板114-119／老舍答复有关《茶馆》的几个问题120-124／《茶馆》大事记125-128／老舍简介129
　　⇒〔Ⅵ－8〕

8.『茶馆 *Teahouse*（汉英对照）』
 　［中译经典文库・语文新课标必都文学名著（双语版）］
 　老舍著　英若诚译
 　2008年1月　中国对外翻译出版公司（北京）
 　A5版　203页　5000册　12.00元
 　◆出版说明2页／人物表 *DRAMATIS PERSON* 10页‖茶馆
 　Teahouse 1(2)-191／附录：快板书 *Appendix* 192-203

Ⅶ．重訳本

1. 『鼓书艺人』
    1980年10月　人民文学出版社（北京）
    B6版　247页　104000册　0.63元
    书名题字：**郭化若**　插图：**罗尔纯**
    ◆出版说明1页／**胡絜青**：写在中文译本《鼓书艺人》之前4页‖
    鼓书艺人1-244‖**马小弥**：《鼓书艺人》译后记245-247
    ※［出版说明］：《鼓书艺人》是老舍先生在1946年至1949年
    于美国写成的。由美*Helena Kuo*（郭镜秋）女士根据小说手稿
    译成英文，英译本名《*The Drum Singers*》，于1952年在纽约
    出版。因中文原稿遗失，现由**马小弥**同志根据英文译成中文。
    ※［写在中文译本《鼓书艺人》之前］：这个中文译本是**马小
    弥**同志翻译的，她是老舍挚友**马宗融**同志（复旦大学西语系
    已故教授）的女儿。她小的时候，在重庆，老舍经常给她故事，
    带着她玩，到剧场后台去，到**富少舫**家里去……。她当时很胖
    很矮，老舍戏称她为"横姑娘"，还编了好几段"横姑娘"的
    故事，见了面就讲给她听，借以勉励她克服困难好好学习。
    ※［鼓书艺人译后记］：这本书的翻译，曾得到**吴祖光**同志、**韦
    君宜**同志、**董恒山**同志和**孙钧政**同志修改校正，我在此对他
    们表示衷心的感谢！在翻译《鼓书艺人》的过中，我还得到了
    北京市曲艺团**贺华**同志的热情帮助。他帮我找到**尹福来**、**高
    凤山**、**李振英**等几位曲艺界的前辈老师，使我有机会向他们
    请教。他们不但教给我有关曲艺的知识，帮助我解决了曲艺
    术语方面的问题，而且还热烈滚滚地向我倾诉了老舍伯伯关
    心穷苦艺人的许多感人事迹。

2. 『四世同堂（缩写本）』
    1982年7月　北京出版社（北京）
    A5版　760页　47000册　2.40元
    装帧设计：**杨新民**　插图：**丁聪**

【注】《*The Yellow Storm*(黄色风暴)》の中文訳。

◆目次1页‖第一部 小羊圈1(3)－262；插图6页／第二部 偷生263(265)－529；插图8页／第三部 事在人为531(533)－745；插图8页‖**胡絜青**・**舒乙**:破镜重园——记《四世同堂》结尾的丢失和英文缩写本的复译747(748)－760

※[破镜重圆]：英文节译本取了个新名字,叫《The Yellow Storm》(《黄色风暴》),它的翻译过程是非常有趣的。去年,法国老舍研究者**保尔·巴迪**带来了一份他收集到的信,专门谈到了老舍如何和译者合作的情节。信是《黄色风暴》译者**艾达·普鲁伊**特一九七七年二月二十二日写给**威尔马·费正清**的。后者是费正清夫人,她本人也是东方问题专家。一九四六年**费正清**在促成老舍和曹禺访美讲学一事中起了很大作用。下面是信的译文：／"对你提的关于老舍的问题,我只能表示"抱歉,因为我没保存日记。我不记得老舍是什么时候离开的。我们一直工作到他离开。他曾非常苦恼,因为我翻译得'太慢'。他想回家,回中国去,他为此而焦急。／《黄色风暴》并不是《四世同堂》逐字翻译过来的,甚至不是逐句的。老舍念给我听,我则用英文把它在打字机上打出来。他有时省略两三,有时则省略相当大的段。最后一部的中文版当时还没有印刷,他向我念的是手稿。*Harcourt Brece* 出版社的编辑们做了某些删节,他们完整地删掉了一个角色,而他是我所特别喜欢的。他们认为有必要减少一些字数,以便压缩一下书的块头。对结尾没有做变动。／我猜想,他和**郭镜秋**合作的方式也和我一样,对《鼓书艺人》我甚至也不敢肯定是真正完整的。／老舍和**郭镜秋**白天一起工作,而晚上七点到十点则和我。他是个忙人。／这封信,虽短,但内容丰富,对研究老舍在美国的创作生活很有参考价值。对他的这一时期的情况,现在人们还知道得太少。／对《四十同堂》英文节译本的描述,这封信显然是最权威的了。／完整地被出版社删去地角色,很可能是书中的常二爷,一位可爱可敬的农村老人。／"对结尾没有做变动",这是一句格外重要的话,有了这个情况,人们完全有可能从英文节译本的结尾中找回《四

世同堂》全书的结尾来,而且是比较完整地找回来。
　⇒［Ⅶ－4］

3.『四世同堂(补篇)』
　　1983年12月　百花文艺出版社(天津)
　　A5版　101页　61000册　0.51元
　　封面、插图:丁聪　书名题签:孙奇峰
　　◆第三部饥荒 第八十八段－－百段1(3)－88‖胡絜青・舒乙:破镜重园－记《四世同堂》结尾的丢失和英文缩写本的复译89－101
　　※[再致读者]:现在,经过作者家属、以及老舍作品的中外爱好者、研究者的多方努力,终于将《四世同堂》的后十三段,由美国一九五一年出版的《四世同堂》英文节译本中找回了,并由马小弥同志再翻译为中文。至此,作者对他所描写的时代和人物的命运,最终地划了个句号。

4.『四世同堂(缩写本)』
　　1984年3月　北京出版社(北京)
　　A5版　745页　19000册　3.50元　カバー
　　封面设计:任建辉　插图:丁聪
　　◆目次1页／胡絜青・舒乙:破镜重园——记《四世同堂》结尾的丢失和英文缩写本的复译14页‖第一部小羊圈1(3)－262／第二部偷生263(265)－529／第三部事在人为531(533)－745
　　⇒［Ⅶ－6］

5.『世界反法西斯文学书系42 中国卷(2)』
　　1994年12月　重庆出版社(重庆)
　　A5版　607页　1700册　26.00元　カバー
　　◆内容简介1页／编辑凡例1页／目录1页‖四世同堂(缩写本)1(5)-592‖胡絜青・舒乙:破镜重圆——记《四世同堂》结尾的丢失和英文缩写本的复译

6.『四世同堂(作者缩写本)』[百种爱国主义教育图书]
　　*1995年9月　北京十月文艺出版社(北京)

→1996年5月第2次印刷

　　　B6版　　745页　　20000（15001－35000）册　　22.00元

　　　插图：丁聪

　　　◆目次1页／**胡絜青・舒乙**：破镜重圆 ── 记《四世同堂》结尾的丢失和英文缩写本的复译14页‖第一部　小羊圈／第二部　偷生／第三部　事在人为

　　⇒［Ⅶ－7］

7.　『四世同堂（作者缩写本）』［北京长篇小说创作精品系列］

　　　1998年1月　　北京出版社・北京十月文艺出版社（北京）

　　　A5版　　745页　　5000册　　26.00元（平）

　　　书名题字：**刘炳森**　　插图：**丁聪**

　　→2000年6月第4次印刷

　　　6000（16001-22000）册　　29.00元（平）

　　　◆目次1页／**胡絜青・舒乙**：破镜重圆 ── 记《四世同堂》结尾的丢失和英文缩写本的复译14页‖第一部　小羊圈／第二部　偷生／第三部　事在人为

　　→2005年6月第2版第7次印刷

　　　B5版　　720页　6000（28001－34000）册　　29.00元

　　　插图：丁聪

　　　2006年12月第2版第9次　6000（40001-46000）册

　　　◆图版1页／目次1页／**胡絜青・舒乙**：破镜重圆 ── 记《四世同堂》结尾的丢失和英文缩写本的复译14页‖第一部　小羊圈／第二部　偷生／第三部　事在人为

VIII．節録本

1. 『**老舎写北京**』［百花青年小文库］**舒乙**编
    1986年10月　百花文艺出版社（天津）
    115×185　162页　4600册　1.10元
    ◆编辑例言2页／目录4页／**舒乙**：编者的话3页‖北京的春风／北平的初夏／北平的夏／北平的夏晨／夏日的暴风雨／北京的初秋／"住"的梦／中秋前后是北平最美丽的时候／北平的深秋／北平的冬天／冬天的风／腊月二十三祭灶／大年三十／北京的春节／端午节之一／端午节之二／西直门外河边／高亮桥／德胜桥／积水潭／德胜门外／古老的城墙／北平的乡下／小羊圈胡同和那里的小院子／西四牌楼／西单牌楼／御河，景山，白塔，大桥／长安街夜景／南长街／逛庙会／洗三／兔儿爷／鸽子／满汉饽饽铺／渐渐失去的排场／大杂院里的人们／"残灯末庙"时的满族人／一位熟透了的旗人／下乡简记／北平的洋车夫／北平的糊棚匠／北平的巡警／想北平／我热爱新北京／宝地‖附录；**舒乙**：谈老舍著作与北京城141－162

2. 『**老舎谈人生**』［名人谈人生丛书］**靳飞**编
    1993年10月　中国青年出版社（北京）
    115×185　140页　3000册　4.20元
    ◆目录3页／**舒济**：写在前面3页／**靳飞**：老舍是怎样一个人5页‖[我们的浪漫]1.伟大文艺中必有一颗伟大的心：节录自《大时代与写家》　2.文艺界尽责的小卒：节录自《入会誓词》　3.我们的浪漫：节录自《一封信》　4.文艺是社会的自觉与人生的劲镜鉴：节录自《青年与文艺》　5.**大智若愚**／[努力就是了]6.怎样读书：节录自《读书》　7.以好坏为事实：节录自《谈教育》　8.努力就是了：节录自《独白》　9.未成熟的谷粒*节录　10.献曝*节录　11.文牛*节录　12.**储蓄思想**　13.谈读书*节录／[我不希望自己是个完人]14.习惯　15.自己不占便宜就舒服*节录自《哭白涤洲》　16.我不希望自己是个完人*节录自《又是一年芳草绿》　17.悲剧里

的角色*节录自《何容何许人也》 18.我总感到世界上非常的空寂*节录自《小型的复活（自传之一章）》 19.学问渊博并不见得必是幸福*节录自《鲁迅先生逝世两周年纪念》 20.成见使你死于今日*节录自《血点》 21.天才或许反是个祸害*《参加郭沫若先生创作25年纪念会感言》 22.是否该把我们的心灵也机械化*节录自《可爱的成都》 23.最可怕的人*节录自《多鼠斋杂谈》／[幽默的危险]24.写信 25.自传难写*节录 26.**新年醉话** 27.大发议论*节录 28.非常胡涂*节录自《〈老舍幽默诗文集〉序》 29.**考而不死是为神** 30.**小病** 31.相片里有许多人生的姿体*节录自《相片》 32."幽默"的危险*节录 33.幽默•讽刺•机智*节录自《谈幽默》／[我的理想家庭]34.娶什么样的太太*节录自《婆婆话》 35.**我的理想家庭** 36.小孩使世界扩大*节录自《有了小孩以后》37.搬家*节录 38.新梦是旧事的拆洗缝补*节录自《无题（因为没有故事）》 39.头疼是自献的寿礼*节录自《生日》 40.身体的重要*节录自《家书一封》 41."住"的梦*节录 42.劳动是最有滋味的事*节录自《贺年》 43.勤俭持家*节录‖靳飞：给友人的一封信——代编后记5页

3. 『**老舍趣语**』[文人妙语系列]京一・抒臻编
　　*1995年3月　　岳麓书社（湖南）
　→1998年7月第3次印刷
　　B6版　　268页　　3000(17001－20000)册　　9.00元
　　◆老舍自传1页／目录1页／序6页‖第一篇[幽默情怀]／第二篇[社会万象]／第三篇[俗话趣谈]第四篇[性灵景致]／第五篇[情欲悲欢]／第六篇[夸饰讽喻]／第七篇[品貌神态]／第八篇[音容行止]

　　【注】[编者简介]：**京一**：本名刘为民,男,1958年10月生于鲁西,1986年获复旦大学硕士学位,1994年7月获北京大学博士学位,专业：中国现当代文学。／**抒臻**：本名闫淑珍,女,1970年生于山西五台山麓,1992年毕业于山西大学,现为北京师范大学中文系硕士研究生。

Ⅷ．節録本

4．『老舍讲北京』［北京通丛书］舒乙选编

2005年1月　北京出版社（北京）

B5版　155页　8000册　25.00元

◆目录2页∥北京的春风(摘自《正红旗下》第五章)／北平的初夏(摘自《骆驼祥子》第二十四段)／北平的夏(摘自《四世同堂》第四十一段)／北平的夏晨(摘自《四世同堂》第八十一段)／夏日的暴风雨(摘自《骆驼祥子》第十八段)／北京的初秋(摘自《正红旗下》第九章)／中秋前后是北平最美丽的时候(摘自《四世同堂》第十四段)／北平的深秋(摘自《四世同堂》第八十一段)／北平的冬天(摘自《四世同堂》第五十一段)／冬天的风(摘自《老张的哲学》第二十章)／腊月二十三祭灶(摘自《正红旗下》第一章)／大年三十(摘自《正红旗下》第五章)／**北京的春节**／端午节之一(摘自《四世同堂》第三十八段)／端午节之二(摘自《赵子曰》第十六章第一节)／西直门外河边(摘自《四世同堂》第四十三段)／高亮桥(摘自《骆驼祥子》第四段)／德胜桥(摘自《老张的哲学》第九章)／积水潭(摘自《骆驼祥子》第二十四段)／德胜门外(摘自《四世同堂》第六十一段)／古老的城墙(摘自《老张的哲学》第十五章)／北平的乡下(摘自《四世同堂》第六十一段)／小羊圈胡同和那里的小院子(摘自《四世同堂》第二段)／西四牌楼(摘自《离婚》第三章第一节)／西单牌楼(摘自《离婚》第十六章第三节)／御河，景山，白塔，大桥(摘自《骆驼祥子》第九段)／长安街夜景(摘自《骆驼祥子》第十一段)／南长街(摘自《赵子曰》第十二章第一节)／逛庙会(摘自《赵子曰》第七章第三节)／洗三(摘自《正红旗下》第四章)／**兔儿爷**／鸽子(摘自《正红旗下》第九章)／满汉饽饽铺(摘自《四世同堂》第三十九段)／渐渐失去的排场(摘自《骆驼祥子》第二十四段)／大杂院里的人们(摘自《骆驼祥子》第十六、十七两段)／"残灯末庙"时的满族人(摘自《正红旗下》第二章)／一位熟透了的旗人(摘自《正红旗下》第三章)／北平的洋车夫(摘自《骆驼祥子》第一段)／北平的糊棚匠(摘自《我这一辈子》第一节)／北平的巡警(摘自《我这一辈子》第五、六两节)／我的家(摘自《小人物自述》)／我小的时候(摘自《吐了一口气》)／**我的母亲**／**想北平**／北京(此文写于一九五四年，根据手稿排出)／要热爱你的胡同(写于一九五四年，根据手稿排出)／**养花**／**宝地**∥舒乙：编选后记154－155／特别声明1页

129

5.『**老舍画说北京**』［古城铭经］**舒乙**编

2005年1月　北京出版社（北京）

B5版　203页　10000册　25.00元

◆图版2页／目录2页‖**舒乙**：编者的话2页‖北京的春风(摘自《正红旗下》第五章)／北平的初夏(摘自《骆驼祥子》第二十四段)／北平的夏(摘自《四世同堂》第四十一段)／北平的夏晨(摘自《四世同堂》第八十一段)／夏日的暴风雨(摘自《骆驼祥子》第十八段)／北京的初秋(摘自《正红旗下》第九章)／**"住"的梦**／中秋前后是北平最美丽的时候(摘自《四世同堂》第十四段)／北平的深秋(摘自《四世同堂》第八十一段)／北平的冬天(摘自《四世同堂》第五十一段)／冬天的风(摘自《老张的哲学》第二十章)／腊月二十三祭灶(摘自《正红旗下》第一章)／大年三十(摘自《正红旗下》第五章)／**北京的春节**／端午节之一(摘自《四世同堂》第三十八段)／端午节之二(摘自《赵子曰》第十六章第一节)／西直门外河边(摘自《四世同堂》第四十三段)／高亮桥(摘自《骆驼祥子》第四段)／德胜桥(摘自《老张的哲学》第九章)／积水潭(摘自《骆驼祥子》第二十四段)／德胜门外(摘自《四世同堂》第六十一段)／古老的城墙(摘自《老张的哲学》第十五章)／北平的乡下(摘自《四世同堂》第六十一段)／小羊圈胡同和那里的小院子(摘自《四世同堂》第二段)／西四牌楼(摘自《离婚》第三章第一节)／西单牌楼(摘自《离婚》第十六章第三节)／御河,景山,白塔,大桥(摘自《骆驼祥子》第九段)／长安街夜景(摘自《骆驼祥子》第十一段)／南长街(摘自《赵子曰》第十二章第一节)／逛庙会(摘自《赵子曰》第七章第三节)／洗三(摘自《正红旗下》第四章)／**兔儿爷**／鸽子(摘自《正红旗下》第九章)／满汉饽饽铺(摘自《四世同堂》第三十九段)／渐渐失去的排场(摘自《骆驼祥子》第二十四段)／大杂院里的人们(摘自《骆驼祥子》第十六、十七两段)／"残灯末庙"时的满族人(摘自《正红旗下》第二章)／一位熟透了的旗人(摘自《正红旗下》第三章)／**下乡简记**／北平的洋车夫(摘自《骆驼祥子》第一段)／北平的糊棚匠(摘自《我这一辈子》第一节)／北平的巡警(摘自《我这一辈子》第五、六两节)／**想北平**／**我热爱新北京**／**宝地**‖**舒乙**：谈老舍的著作与北京城184－203／编辑赘语1页

※［编者的话］：从内容分类上看,这本《老舍画说北京》大致包含五小辑：一、北京的气候；二、北京的节日；三、

北京的地方；四、北京的习俗和玩艺儿；五、北京的人们。有一类内容我没收，那就是北京的语言，尽管老舍先生对北京话有许多论著，我觉着，那已是另一种专门的学问了。／挑选范围是七种以北京为地理背景的老舍小说：《老张的哲学》《赵子曰》《离婚》《骆驼祥子》《我这一辈子》《四世同堂》《正红旗下》，此外，还收了几篇专门写北京的散文。选出的段落一律注明出处。／文章选择和删节的原则是：一、尽量不要故事情节，不要具体人物，只选那些关于北京的"纯"描写。二、遇有和写北京不相干的人物描写夹杂其间时，将人物删去，但保持文章上下句的衔接和通顺，当然，文字上只删不增。实在删节不开的，宁可弃之不用。三、零星的描写也没要（它们真多啊），基本上是取整段的描写。这样，选择出来的东西，看上去，都像一段段独立的文章，不至于由于过分依赖故事而使人看不懂。／为了醒目起见，选出的段落一律加上了简短的小标题。

6.『老舍名言』[名家名言录]
老舍纪念馆编印
103×210　35页
【注】発行年月明記なし。

◆老舍（简介）1页／目录1页‖说人生／说学习／说文化／说创作／说文学艺术／老舍睿语

[編者紹介]

倉橋幸彦（大阪産業大学人間環境学部）

老舎逝去後著書目録

2008 年 9 月 15 日　初版発行

- ■編　者　　倉橋幸彦
- ■発行人　　尾方敏裕
- ■発行所　　(株)好文出版
　　　　　　〒162-0041 東京都新宿区早稲田鶴巻町540 林ビル3F
　　　　　　TEL. 03-5273-2739 FAX.03-5273-2740
　　　　　　http://www.kohbun.co.jp
- ■装　丁　　竹川朋子
- ■制　作　　日本学術書出版機構（JAPO）
- ■印　刷　　音羽印刷株式会社

© 2008　Kurahashi Yukihiko Printed in Japan
ISBN978-4-87220-122-2